僕たちの幕が上がる

辻村七子

ポプラ文庫ピュアフル

JN122276

僕たちの幕が上がる

辻村七子

BOKUTACHI NO MAKU GA AGARU
NANAKO TSUJIMURA

ポプラ文庫ピュアフル

1

四月二十日。東京都新宿区。

朝方の外歩きにも、長袖の服はいらなくなってきた季節。

二藤《にふじ》勝《まさる》はサングラスをかけ、帽子を目深にかぶり、雑踏の中を歩いていた。

新宿はきらびやかな街である。会社員や学生たちが行き来する街には、どこを見ても華やかな広告が乱舞している。新作のスニーカー、金融業、エステ、新しく始まる芝居。

その広告に付随して、タレントたちが無尽蔵な笑顔を振りまいていた。

「…………」

勝はそれらの笑顔を確かめるように眺めてから、道を急いだ。出社中である。

芸能プロダクション、赤樫《あかがし》マネジメント会社。

二十四歳の俳優である勝の、所属会社であった。

「おはようございます！」

無数のチラシと、目隠しのすりガラス板の置かれた入り口で、勝は挨拶をした。おはよう、おはようございます、と声が返ってくる。

「二藤さん、会議室です」

「会議室？　マネージャーさん、そこで待ってるんですか」

「はい。社長もいます」

「……社長？」

十分後。

二藤勝は混乱していた。

がらんとした事務所の会議室は、タレント個人とマネージャーのやりとりの場としても使われているので、その広さや無機質さに戸惑っているわけではない。だが今回は、マネージャーだけではなく、社長もいる。これもまた初めてではなかったが、二人の表情がおかしかった。『大きなスポーツウェア会社の広告の仕事が決まった』とか、『再現ドラマの主役をもらった』などの、晴れがましいニュースを伝える顔ではない。

二人も混乱しているようだった。

「あの……何なんですか」

勝が問いかけると、口を開いたのは社長だった。四十代で芸能事務所を立ち上げた辣腕《らつわん》で、勝のことを息子のようにかわいがってくれている。

「落ち着いて聞いてほしい」

「はい」

「鏡谷《かがみや》カイトを知っているか」

突然の名前に、しばらく考え込んでから、ああ、と勝は手を叩いた。

「話題の演出家。すごく若い」

「そうだ。舞台演劇の脚本演出を手掛ける、まあ、才人だな。今年で二十四だから、お前と同い年のはずだ」

「そうだったんですね。その人が何か？」

社長は黙り込み、ちらりとマネージャーを見た。おとといが三十六歳の誕生日だった女性マネージャーは、膝の上で拳を握っていた。

「勝さん。あなたにオファーが来たんです」

「……鏡谷カイトさんから？」

「はい」

頷いたマネージャーの前で、勝は笑った。なんとなく浮かんできた表情だった。

「鏡谷さんがテレビの仕事をするから、俺に依頼を、ってことですか？」

「そうではなく、あなたを舞台で使いたいのだそうです」

「…………俺、舞台は未経験ですけど」

「主役で」

「は？」

そうよね、あるいは、そうだよね、という相槌を想定していた勝の前で、マネージャーの言葉は予想の斜め上をかっとんでいった。

主役。

主役とは？　何の？

「えっ、舞台で、俺を？　使いたいって話なんですか？　主役で？」

何かの間違いではないんですかと、勝は問い返せなかった。社長とマネージャーの顔に、冗談の色がなかったからである。

血液の沸騰する音と、血の気の引く音が、体の中から同時に聞こえた気がした。

「こういう企画書が送られてきた」

「……拝見します」

作品名　百夜之夢（ももよのゆめ）

企画　百夜之夢製作委員会（主催　ＫＰＰプロデュース）
作・演出　鏡谷カイト
期間　十月十七日～二十八日　渋谷プリズム大ホール
　計　十五公演
概要　戦乱の世の果ての果て。跋扈《ばっこ》する野武士に、農民が略奪に怯える世。農民の百《もも》は、野武士の頭領に見いだされ、野武士として生きることを余儀なくされる。戦いに明け暮れる中で、自分の本当の望みを見つけた百が、最期に見届ける夢とは――。

「…………」

　時代劇、それもチャンバラ活劇であるようだった。勝は舞台を想像した。話の運びはシリアスだが、絵面は華やか、エンターテインメント性の高いもの。主人公である百は、おそらく最初から最後まで舞台の上に出たままで、チャンバラに明け暮れ、演技を披露しなければならない。

「……この、『百』役のオーディションがあって、それを受けろって話ですか？」

「違う。決め打ちなんだ。お前にオファーが来たんだよ。二枚目も読め」

れている。

　勝は無言でコピー用紙を受け取った。社外秘、の文字が紙の上端にでかでかと書か

　日々益々ご清栄のことと存じます。さて今回の企画『百夜之夢』において、貴事務所所属俳優　二藤勝様　に、主役の　百　役をつとめていただくことを強く希望しています。『海のもりびと☆オーシャンセイバー』の主役オーシャンブルー役で、力強く躍動し、生き生きとした魅力をふりまいていた二藤様にぴったりの役柄です。模擬刀を用いたアンサンブルとの剣劇シーンも、過去剣道部の主将であった二藤様であれば――


　そこで勝の目は泳いだ。どうした、という顔をする社長の前で、勝は目を大きく開いて笑って見せた。

「うおー！　めちゃめちゃ俺のこと調べてますね、この人」

「当たり前だ。だからオファーが来たんだろう」

　社長は相変わらず、静かな目で勝を見つめていた。

「受けるか」

「…………」

「勝さん、私は断ってもいいと思っています。どういった事情で勝さんにオファーが入ったのか、私たちはまだ把握できていないのですが、大きな仕事になることは確かです。あなたにとっては久しぶりの仕事が、大舞台の主演ということになります」

「まあ……そうですね」

「ハイリスクです」

言われるまでもないことだった。そしてハイリスクとは、ハイリターンの裏返しである。

話題の脚本・演出家の舞台で主役。渋谷の大劇場で十五回の公演。客入りの良さそうなエンターテインメント。勝の得意な剣劇。しかも決め打ち。

破格にもほどがあるオファーに、勝は笑った。笑うしかなかった。

「……社長、確認させてほしいんですけど、これって何かバーターがあるんですか？」

「バーター？　たとえば」

「俺がこの役を受けると、代わりに他の俳優さんに何か……役が来なくなったりとか」

「そりゃ『バーター』じゃない。ただの『適者生存』だ。バーターっていうのは、『人気のAを出演させるかわりに若手のBもねじこませてください』ってやり方のことだ。事務所が相手方に売り込む時のやり方で、今回のオファーとは関係ない」

「……そうなんですね」

「オファーがあったのはお前だけだよ。もちろんその他の俳優に不利になるようなことも、何もない」

社長の言葉に合わせて、勝は何度も頷いた。

そして最後に、にかっと笑った。

「了解しました。じゃ、もう、受けるしかないですね」

「アクションの仕事だぞ」

「大丈夫ですよ。俺、アクション俳優だし。ほんとに大丈夫ですから」

「…………でもな」

「それに、こんなに条件のいい仕事を断って、まだ俺に仕事が来ると思いますか」

社長は黙り込んだ。

勝には社長が言いたがっていることが痛いほどわかったし、気遣いは泣きたいほど嬉しかった。しかし現実問題として、人材の有り余っている芸能界は、『二度目のチャンス』の少ない業界である。一度しくじった人間には、それなりに厳しい。

勝のように。

マネージャーは厳しい顔をしていた。勝が途中で尻尾を巻いて逃げてしまった場合のカバーリングを考えているのかもしれないと勝は思った。

部屋の中に漂う不安の黒雲を晴らすように、勝は晴れやかな笑みを浮かべた。

「やります。精一杯頑張りますので、お返事の方、よろしくお願いします！　詳細が送られてきたら連絡ください。事務所に取りに来ます」

深く一礼し、勝が顔を上げた時、社長とマネージャーはまだ不安そうな顔をしていた。ファンタジー映画に出てくる、先の見えない冒険の旅に息子を送り出す両親のようだと、勝は少し笑い、会議室を出た。冒険の旅に出るのは主人公、主役の役どころである。まさしく今回の勝の役だった。

何が起こるかわからない旅であっても、最後には宝をつかみ取る。

勝は拳を握りしめた。

自分もまた、そうでなければならなかった。

何故なら自分は『大成』しなければならないのだから――。


テレビの仕事であっても、舞台の仕事であっても、関係者が最初に集まるのは『顔合わせ』と呼ばれる日のことである。だが今回は事情が事情であるため、鏡谷カイトはじきじきに、顔合わせの前に勝と対面する日時を指定してきた。

場所は喫茶店などではなく、新宿のさびれた場所にあるフリースペースだった。

現在鏡谷カイトが手掛けている演劇作品の稽古が行われている場所だという。

「忙しいのに時間を作ってくれたんだな。ありがたい」

「他にもたくさん俳優の方がいると思いますので、最初、私は挨拶まわりをします。その間、勝さんは鏡谷さんと二人でお話する方向で大丈夫ですか」

「了解です。でも怖い人だったらどうしよう、あはは」

「ハラスメント案件への対応はマネージャーの仕事です。安心してください」

「いや、そこまで心配してるわけじゃありませんよ」

『スペースぽっぽ』と書かれた、ビルテナントの二階は、いかにも芝居人が仕事をしていそうな、狭くて汚い階段をあがった場所だった。肩をすりつけながら歩く壁には、いろいろな劇団の公演案内が所せましと張り付けられている。勝には全てが新鮮だったが、いちいち驚いている素振りを見せて、マネージャーに心配をかけたくない。

何しろ勝は主役である。

気鋭の脚本家が決め打ちをした、世界にたった一人の俳優である。

悠然と構えていたかった。

案内係に扉をあけられると、二十畳ほどのスペースが広がっていた。床は黒く、粘着テープの跡だらけで、壁は一面だけが鏡張り、あとは灰色の吸音タイルだった。

テープの張られた床の上を、俳優たちが転げまわっている。

これは何なんですかとマネージャーが目くばせをすると、二人を稽古場にいれてくれた見張り役のような男性スタッフは、これ、と台本を提示して見せた。タイトルは『門《ゲート》』。新人戯曲家の登竜門と呼ばれる若竹賞を受賞した、鏡谷カイトの代表作だった。

スペースの中央、パイプ椅子に腰かけている。

稽古している場面が終わるまで、十五分ほど待ってから、鏡谷カイトは開いた台本に手をうちつけ、パンと乾いた音を立てた。『ひとまずここまで』の合図である。『役』に入り込んでいた役者たちが『人間』に戻り、床の上にどっかりと座り込む。

いきましょう、とマネージャーが勝に耳打ちした。

カイトは扉の前から一歩踏み出し、大きな声で挨拶した。

「こんにちは！　二藤勝です。失礼しますッ」

ほぼ直角の礼を、勝は三方向に繰り返した。少し笑いが起こったので、勝は嬉しくなった。笑ってもらえると安心した。マネージャーに促されるまま、勝は鏡谷カイトに歩み寄った。量販店で売っていそうな冴えないトレーナーにスウェット、緑色の太縁の眼鏡。勝よりも十歳は年上に見えそうな服装の中で、くたびれて、ほの白い肌の顔立ちだけが幼い。スウェットの下の体つきは、ひょろりとした痩せ型である。公立図書館の片隅で課題に明け暮れている大学生のような雰囲気だった。

口火を切ったのはマネージャーだった。

「鏡谷さん。こんにちは。赤樫マネジメントの豊田《とよだ》です。こちら当プロダクションの俳優、二藤勝です」

「こんにちはッ！」

勝は再び頭を下げた。鏡谷カイトは笑っていた。笑っているように見えた。本当に笑っているのだろうかと思う前に、勝は鏡谷カイトと握手をしていた。

「二藤さん。こんにちは。鏡谷カイトです」

「二藤勝です。よろしくおね…………が…………？」

「ああ、思い出したか」

ひとりごちた『鏡谷カイト』は、いびつな、恐らくは微笑みなのであろう表情を浮かべながら、勝とマネージャーを見ていた。

その表情に、既視感があった。

数日、数か月前ではなく、もっと前に。

脚本家は勝の手を握ったまま、マネージャーに向かって喋った。

「僕と勝さんは、同じ高校に通っていたんです。僕の筆名は『鏡谷カイト』だけど、本名は蒲田海斗《かまたかいと》ですよ」

「……蒲田って、あの蒲田？」

「そう、あの蒲田」

気鋭の脚本家はもう一度、不気味な顔で微笑んだ。常に勝の防壁でいてくれるマネージャーは、穏やかな表情をぴくりとも動かさなかったが、勝自身は絶句していた。

蒲田海斗。

「おひさしぶりです、勝さん。よろしくお願いします」

礼をする男の名前から勝が想像するのは、壮絶な『けんか』——もとい『いじめ』に満ちた高校生活を送り、無視をされあだ名を付けられ、男子トイレの個室にとじこめられていた、仏頂面の少年のことだった。

「いやあ申し訳ない。今日はこれから会見があるので、車の中でお話させてください。時間がなくて本当に申し訳ない」

鏡谷カイトとの驚きの『再会』の後、勝とマネージャーの前にやってきたのは、稽古場の扉をあけてくれた見張り役の男性だった。名刺を渡された勝は、彼が見張り役ではなく、『百夜之夢製作委員会』の主幹たる大手プロダクション、KPPのプロデューサーであったことを知った。プロデューサーなんて何でも屋ですからねと男性は笑い、清見晴彦《きよみはるひこ》と名乗った。国費留学によってイギリスの演劇研修から帰国した鏡谷カイトを見出し、『門』を始めとする興行をうち、見事に成功させた立役者である。

鏡谷カイトが多忙であることを、清見は無邪気に喜んでおり、勝とマネージャーとカイトを地下駐車場に連れて行き、バンに乗せて車を動かした。会見のあるホテルは、車で三十分ほどの距離だという。

「念のためお断りしておきますが、会見に勝さんを引っ張り出そうと思っているわけじゃありませんよ。出演者の発表はもう少し後のタイミングですからね。ああでも、その気があるなら乱入してくださってても構いませんがね。面白くなりそうだ」

ははは、と清見は笑った。マネージャーは作り笑いをしていた。

前後三つずつの椅子が向かい合った後部座席で、カイトと勝は正対していた。マネージャーは勝の隣に控えている。

膝の触れ合う距離で、鏡谷カイトは勝の目を見ていた。眼鏡ごしに見る、まっすぐに自分を見据えてくる目と、いつも周囲の全てを威嚇していた高校生が、勝の中では一致しなかった。

癖なのか、稽古場と同じように上半身を前傾させ、勝を上目に見ながら、カイトは喋った。

「たぶん、一番気になっているのは、『何故自分なのか?』ですよね」

勝が頷くと、カイトはいびつな表情を浮かべた。これは微笑み、と勝は自分を納得させた。人間の形をした宇宙人とコンタクトをとっているようだった。

「まず第一の理由は、一年前の『オーシャンブルー』役を見て、です。テレビの仕事と舞台の仕事は、確かに細部は異なりますが、大きな意味では同じです。オーシャンソードを使っての殺陣《たて》も、ご自身で演じていらしたと聞きました。オーシャンブルー、とても素晴らしかったです」

勝とマネージャーは揃って一礼し、感謝の意を伝えた。

鏡谷カイトはこの一年で流星の如く現れた若手である。マネージャーの情報によると、勝が主演していた朝の子ども番組が放送されていたのは、国費留学でイギリスの演劇学校に通い、みっちりと勉強していた時期と重なっている。リアルタイムではなく配信で見てくれたんでしょうね、という豊田の言葉に、勝は少し救われた。実際の放送以降も、自分の携《たずさ》わったコンテンツが人目に触れているということが純粋に嬉しかった。

勝は、『オーシャンブルー』役以降、狭義の『演技の仕事』を受けていない。

この一年間にこなした役は、CMが二本に、国内スポーツブランドのイメージキャラクター、あとはアクションを伴わない再現ドラマ数本のみだった。狭義のドラマの仕事はない。

受けなかったのである。

オファーはあったが、勝の側に事情があった。

鏡谷カイトは眼鏡の後ろからじっと勝を見ていた。

「二つ目の理由は、今回の僕の戯曲の主人公、『百』が、あなたにぴったりだと思ったからです」

「それは、オーシャンブルーを演じた二藤を見てのお話ですか？　それとも、高校時代の二藤の記憶を参照してのお話ですか？」

豊田の質問に、鏡谷カイトはしばらく黙り、なかなか答えなかった。安直な答えを返すタイプではないのだなと、勝は新しい上司の癖をさぐるように思った。

「…………うまく説明できる自信がありませんが、最も大きな理由はエンターテイナー精神です。人々の期待に応えようとする意気に、百を感じました」

「…………」

それは芸能人であれば誰しもが持ち合わせているものではないのか、と勝は尋ねられなかった。あまりに卑屈な問いだと思ったし、そもそもカイトは口を挟ませようとしていなかった。

「決め打ちの理由には弱いと思われるかもしれませんが、僕には、あなたが適任だと確信する理由があります。一緒に芝居を作り上げる人間として、勝さん、どうぞよろしくお願いします」

建て前未満のような言葉だった。そういうことではなく、何故自分を選んでくれたのかという具体的な理由が勝はほしかった。

だがそう尋ねる前に、車は目的地に到着してしまった。テレビ局の所有しているホテルの地下駐車場らしき場所である。

「カイト、出番だ」

「わかりました」

「スタイリストさんがついてくれてよかったねえ。そのまま出ていったら、配信動画に『寝起き？』ってコメントが飛びそうだ」

「はあ」

あれよあれよという間に、清見とカイトは数名の警備員に何かのパスを見せ、四人は警備員に囲まれるようにビルの中へと案内された。

宴会場のような一階ホールまでやってきたところで、清見とカイトは場を辞していった。

「……忙しいんだなあ」

「もう少しお話をうかがいたかったですね」

勝はうんと頷いたものの、テレビマンのスケジュールが分刻みであることは、過去経験した連日の収録で痛いほどわかっていた。清見プロデューサーには他の仕事の案件もあるだろうし、カイトはまず公演間近の『門』の仕上げをしてしまいたいはずである。秋の舞台の優先順位は、まだまだ低くて当然だった。

それにしても。

「………蒲田……あいつが蒲田か」

「高校時代のお友達だったのは初耳でした。どんな人だったんですか」

「いや、友達っていうか……」

勝は言葉を濁した。

二人が過ごしたのは、どこにでもある都立高校だった。特に芸術に特化したカリキュラムがあるわけでもない、平凡な学校である。当時から「絶対に芸能界に入って俳優になる」と公言していた二藤勝は、それなりの人気者で、二年生から三年生に至るまで生徒会長をつとめていた。剣道部の主将も兼任していたため、そこそこ多忙な高校生活であった。

同時期、蒲田海斗はいじめを受けていた。

たとえ本人がそうと認めないとしても、あれはいじめだったと、勝は認識していた。

「勝さん？　どうかしましたか」

「いえ、何でもないです。その……『知人』、くらいでした。喋ったことも、あまり、なかったし」

「そうですか」

頷いた後、マネージャーは辺りを見回し、すみませんがと断って、小走りにトイレに向かっていった。

手持ち無沙汰になった勝は、壁にもたれてスマホを開いた。通知はない。この一年間、ほとんど友人たちと交流を持たない生活をしていたため、メッセージが入ってくるあてもなかった。

一分ほど経つと記者会見が始まったらしく、バチバチというフラッシュと、拍手の音が聞こえてくる。壁ごしに聞こえるくぐもった音声は、清見プロデューサーの声に似ていた。

勝は少し歩いて、記者会見場になっている宴会場の入り口を見た。

既に扉は閉ざされているので、記者に見つかる可能性はない。

『鏡谷カイト新作発表、百夜之夢』と書かれたA３の看板が、巨大なウェルカムボードのように掲げられている。

この中にいるのは、少なくとも多少は、鏡谷カイトの新作に期待をしている人々であるはずだった。そしていずれ舞台の主演が二藤勝であることを知る人々だった。その時彼らが何を思うのかと考え、勝はふと目の前が真っ白になった気がした。

新作演劇は、時代劇アクション。

殺陣のある芝居。

「…………」

大丈夫、絶対にできる、何故なら自分は『大成』しなければならないのだからと、内心勝が独り言ちた時。

スーツ姿の中年の男が二人、早口に喋りながら、勝の前を通り過ぎていった。

「まったく、どうしてあんなおもちゃの商材みたいな男を主演に」

「まあ、最近のヒーローおもちゃは馬鹿になりませんから」

「馬鹿にされているのは私たちだよ。本来ならうちの事務所の……」

「あの若い脚本家の強い希望だったそうですから……」

「交換条件としてこの公演が……」

勝が立ち尽くしている間に、男たちはずんずんと歩いてゆき、声は聞こえなくなった。

そのまま三十秒ほどかたまっているうち、マネージャーが戻ってきた。

「お待たせしてしまってすみません。どうします、もう十一時半ですから、何か食べましょうか」

「そうですね。じゃあ行きましょう」

トイレから戻ってきたマネージャーと共に、勝は宴会場を振り向きつつ、毛足の長い赤絨毯を踏みつけ、ホテルを後にした。

「大丈夫ですか？」

「……え、なんでですか？」

「何か考えているみたいに見えたので」

「いやあ別に、何でもないですよ」

勝は笑った。からっぽのペットボトルにはられたラベルのような笑顔だなと、むかいのビルのウィンドウに顔が映った瞬間、少し思った。

その後カフェで遅い昼食をとり、マネージャーに送り届けられ、一人暮らしのアパートに戻り。

勝はベッドの上に仰向けになって、自分が耳にした言葉の意味を考えた。ポーズを決めるオーシャンブルーや、アクションスターのポスターに囲まれて。

「…………」

おもちゃの商材。ヒーローおもちゃ。

誰か別人のことだと思えるほど、勝は無神経ではなかった。

二藤勝が主演に決まったことはまだオフレコではあるものの、ある程度知れ渡っているのだなと、勝は冷えた心の隅で思考した。演技が大根であるとか、アクションが下手であるとか、そういった陰口を叩かれることには慣れていたし、芸能界に入ると決めた高校生の時から、何とも思わないように訓練してきたことだった。

だが。

『本来ならうちの事務所の』。

『脚本家の強い希望だったそうで』。

『交換条件として』。

勝は考えた。

断片的な情報を総合すると、二藤勝の主演抜擢には障害が、それでなくても競合相手がいたようだった。しかし鏡谷カイトたっての希望で、勝を主演に据えることになった。

そして希望を叶えることと引き換えに、鏡谷カイトは何らかの条件を呑んだ——。

どうしてそこまで、というのが勝の正直な気持ちだった。

勝は二十四歳である。今一番フレッシュな若手というわけでもない。舞台の経験もない。引く手あまたというにはブランクが長い。

それでも勝を使いたい理由とは何か。

「……同じ高校のよしみ？　いやいやいや、ありえない」

そもそも勝は、蒲田海斗には負い目があった。生徒会長であったのに、いじめられている海斗を助けることができなかった人間である。自分が彼の立場であったら、そんな人間、顔を見るのも嫌だと思っても不思議ではなかった。

にもかかわらず、他の誰にもオーダーせず、勝だけに主役をオファーしたのは何故か。

　わかるはずもなかった。

「……もうちょっと話せたらよかったんだけどな」

　勝は車の中での短い対話を思い出していた。

　雄弁ではなかったものの、カイトは確かに言っていた。

『確信する理由がある』と。

　もしそんなものがあるとするのなら、それを一番知りたいのは勝だった。

　過去一年間、演技の仕事はほとんどなし。事情があってオーディションも受けられなかった。アパレルのモデル仕事も、来期も継続などという話はなく、単発の仕事で終わろうとしている。オーシャンセイバーの放送中には隆盛を極めたファンコミュニティも、今やほとんど枯れかけているらしい。応援相手が、ろくに活動していないのだから当然である。既に世間の『そういえばそんな人もいた』枠になりかけて久しい。

　デビュー以降、仕事を継続してゆくことが要の役者には致命的である。

　勝はしみじみと、自分が今や役者としての断崖に立たされていることを実感した。

　自分自身に追い詰められ、いつの間にかたどりついてしまった場所だった。

　崖際に踏みとどまり、再び大きな道に戻ることができるかどうか。

鏡谷カイトとの仕事には、勝の未来のほとんど全てが賭けられていた。

「……それが舞台か」

思い浮かぶのは困難なことばかりだった。一発本番。膨大な台詞の暗記。テレビとは異なるボディコントロール。チャンバラのための筋力増強。共演者や演出との人間関係。

共演者に怪我をさせる可能性。

「……大丈夫だ。やってやる。やってやるさ。問題ない。俺は問題ない。やれる」

勝は目を閉じ、胸に手を当て、自分自身に言い聞かせる呪文を唱え続けた。

やれる。

やりとげてみせる、と。

何故なら勝は役者として『大成しなければならない』のだから——。

2

たいていの商業演劇は、公演の一か月程度前から練習が始まる。たとえば今回は十月の公演なので、始まりは九月である。芸能事務所に所属したばかりの頃、初めてそうと聞いた時、勝はスケジュールのタイトさに驚いたが、マネージャーの言葉はもっともだった。

「舞台演劇の給料は、公演の一舞台ごとに支払われます。稽古の時間にまで給料を払ってもらえる公演はほとんどありません。一か月の無収入と、俳優業で食べてゆくことを総合的に考えれば、拘束時間あたりの給料としては妥当かもしれませんよ」

まったくもって返す言葉もなかった。

しかし勝は舞台の初心者であった。それを見越してか、カイトも『百夜之夢』の台本を、顔合わせの二か月前、七月にほぼアップ、すなわち完成させていた。

顔合わせまで猶予二か月のタイミングで、勝はカイトから、台本をもらうことに成功した。そして顔合わせの直前には、勝は自分の台詞を全て暗記していた。電車に乗る時も、トイレに入る時も、スーパーに買い物に行く時も、自分で吹き込んだ台詞の音声をイヤホンで聞き続けた成果である。このくらいしなければならないということはわかっていた。それでも足りないという思いが募ったが、マネージャー曰く、顔合わせもしていないうちに一人で芝居を作り込むと、あとあと労苦が水泡に帰してメンタルをやられることがあるという話だったので、暗記と読み込みに止《とど》めた。ついでに公演初日までの日めくりカレンダーをつくって、ポスターの隙間に画鋲でとめ、毎日一枚ずつめくってゆくことにした。

鏡谷カイトの新作『百夜之夢』の顔合わせは、公演のある渋谷プリズムにほど近く、ほどよくさびれた倉庫街の一角で行われた。一、二階ぶちぬきのフリースペースで、一階はスタッフたちの美術や衣装の作業場として活用されている。これからの稽古も同じ場所で行われるという。

コの字形に並んだ椅子とテーブルのちょうど中央が、鏡谷カイトと勝の席であった。左右を固める形で、他の俳優たちが座り、離れるにしたがって、大道具担当や衣装担当など、裏方の人々の顔が見えてくる。誰が誰やらわからないことを加味して、全員が苗字だけ書かれた名札と、担当の部署名を書いた大きな認識票をかけていた。

全員が揃った時、最初に立ち上がったのは、プロデューサーの清見だった。

「どうも、KPPの清見です。ご存じの方も初対面の方も、ひとつ『何でも屋』としてお見知りおきいただければと思います。本公演は気鋭の脚本家、鏡谷カイト、初の時代劇、初のアクション活劇となっております。皆さまは時代の目撃者ならぬ、時代の創出者になるでしょう。僕もその末席に加えていただけることを光栄に思います。えー、どうぞこれからの長旅、ひとつよろしくお願いいたします」

清見は慣れた仕草で深々と礼をし、一同は拍手で応えた。

次に立ち上がったのはカイトだった。

「……鏡谷カイトです。脚本家です。今回の話は、簡単に言うと……たぶん『夢と現実』の話になります。みんなで夢をつくりましょう。よろしくお願いします」

短い礼をして、カイトは着席した。顔合わせは芝居の大きな目的やテーマを共有するための場でもある。もう少し何か喋った方がよいのではないか、というような空気が一同の中に漂ったが、カイトは意に介さなかった。

段取り通り、勝はすっくと立ちあがった。三番目よろしくねと、清見プロデューサーから言われていた通りだった。

「こんにちは！　百役をつとめます、二藤勝です。舞台は初心者なので、怖いものがありません。全てを懸けて、全身全霊で取り組みます。よろしくお願いします」

もう一度、深く礼をした勝を、あたたかい拍手が包んだ。

顔合わせが始まる前に、勝は何人かのスタッフに声をかけられていた。皆優しく、勝を励ますばかりで、多少危惧していたような「初舞台で主演なんて」などの嫌みな言葉をかけてくる人間はいなかった。皆自分の仕事に誇りをもって邁進している。

着席した勝の隣で、四番手が立ち上がった。

ひょろりと高い背。肩までのウェーブした髪を黒いゴムでひっつめにしている。そして低く、ベルベットのようにまとわりつく甘い声。

「野武士・我《が》愉《ゆ》原《はら》役の天王寺《てんのうじ》司《つかさ》です。演劇の世界に入って二十年、超のつく新人ですが、私も全身全霊で取り組みます。よろしくお願いします」

わははという笑い声が室内に満ちた。爬虫類系男子という言葉でもてはやされている俳優で、女性向け雑誌の表紙に起用された際は、雑誌が異例の重版をしたという。年齢は三十四。舞台俳優出身だが、昨年の大河ドラマに抜擢された際、華麗なチャンバラを披露している。花も実もある中堅だった。

我愉原は百のライバル的なポジションに据えられた、厭世家のキャラクターだった。最後は百に斬り殺されるが、その際には立ち回りを見せなければならない。ト書きでは『二人は死闘を繰り広げる』としか書かれていなかったが、それを舞台の上に再現するとなれば、人間の肉体を酷使するほかなかった。

天王寺司はチラと勝を見ると、妖艶に笑った。

「脚本、読みましたよ。勝ちゃん、きちんと俺を殺してね」

『ちゃん』づけで呼ばれ、勝は少し赤面した後、拍手をしながらそっと頭を下げた。

その後、二人、『百』の友人役のキャストの紹介があった後、七人目が立ち上がった。

座っている時と大差ない高さの人影は、幼い子どものものだった。

「こんにちは！　小姓《こしょう》の森若《もりわか》役をいただきました、劇団カトレア所属、雨宮《あまみや》ひびきです！　小学三年生です。頑張りますので、どうぞよろしくお願いします！」

　オーディションにやってきたように、雨宮ひびきは大声でハキハキと喋り、深々と頭を下げた。男の子だが、少し長い髪の毛を頭の上で髷にしている。かわいいな、と思いながら眺めているうち、ひびきは勝を見て、ニコッと笑った。

「あの、オーシャンセイバー、ずっと見てました。一緒にお仕事できるなんて、感動してます。よろしくお願いします」

「ああ……」

　ゴホン、という咳払いの音で、ひびきはさっと居住まいを正した。

　隣に腰かけていた男が、のっそりと立ち上がるところだった。

「野武士・神猿大王《かみざるだいおう》役、田山紺戸《たやまこんど》。まあよろしく」

　田山紺戸。演劇人でなくとも名の通る重鎮俳優である。およそ四十年前にデビューして以来、定住地としているのは単館系の映画だが、ここ十年ほどはドラマの世界でもたびたび渋い存在感を見せ、子ども番組の悪役など、出演の場を広げている。六十五歳になったばかりのはずだったが、耳や鼻が赤らんだ丸顔や、ざっと刈られたごま塩頭、ずんぐりむっくりの体を揺さぶって喋る姿は、『老人』としか言い様がなく、勝には七十歳か八十歳に見えた。本来ならばもっと早く立ち上がって挨拶するはずの存在だったが、腰かけているのは末席と言える位置だった。彼自身が席を選んだのを勝は見ていた。

田山の演じる『神猿大王』は大立ち回りを見せる野武士のオサである。この人に本当に演じ切れるのだろうかと、勝はちらと不安になり、その後笑いそうになった。相手は舞台の大ベテランである。自分の心配をすべき局面だった。

その後、百の同輩ポジションの野武士を演じる芝堂匠《しばどうたくみ》を始め、ほかの野武士役の面々が自己紹介すると、舞台監督、制作、大道具、小道具、照明、タイムスケジュール管理など、芝居をつくるには欠かせないいわゆる『裏方』の人々の挨拶が続き、勝は力いっぱい彼らに拍手を送った。観客の目に触れるのは、表に出て演じている役者ばかりだが、その裏側に無数の支えになってくれる人々がいなければ、芝居が芝居にならないことは、勝の知るテレビの世界と同じである。

一通りの挨拶が終わった後、いよいよ『本番』が始まった。

読み合わせである。

物語は農民の『百』が、野武士に村を襲われ、奴隷として連れ去られるところから始まる。労働のための人手として連れ去られたはずが、野武士たちに反骨の精神を見せる百は、敵の頭領『神猿大王』に見いだされ、野武士の仲間に加わり、森若という小姓に懐かれる。

野武士としての生活に慣れてきた頃、神猿大王が命を落としたことをきっかけに、百は野武士の集団の新たなオサにまつりあげられてしまう。また、敵対する野武士・

我愉原に、小姓の森若を斬り殺されてしまい、百は憤怒の化身となり復讐を誓う。敵対する者を斬り殺しながら我愉原を追いかける百は、しかしふと自分が我愉原と同じ殺戮者になっていることに気付く。

そして百は、かつて自分が暮らしていた村が、新たな形で復興をとげており、再び我愉原の襲撃の魔の手に晒されていることを知る。

百はオサの座を振り捨てるように譲り、ひとり我愉原の率いる野武士団に立ち向かい、己の生まれ育った村を守ろうとする。

最終的に百は討ち死にするが、故郷の村を守りきる――。

数か所の読み直し、事実関係の確認などのプロセスを経て、読み合わせは終了した。実に二時間が経過していた。

完全に暗記していた台本ではあったが、声に出し、他キャストとかけあいをしながら読み終えた時、勝は生まれ変わったような気分になった。疲労困憊であることがひとつ、もうひとつは清々しい達成感だった。

百として生き、百として死ぬ。

舞台の上の勝に任せられた役割は、一人の男の一生を演じ通すことだった。

汗まみれになり、呆然としている勝の隣で、すっくと立ちあがったのは天王寺だった。セクシーな爬虫類のような顔で微笑み、勝を見下ろしている。

「疲れた？」

「………全ッ然す！」

「よかった。じゃ、みんなで飲みに行こっか」

「あ、そういう段取りなんですか」

「俺のいる劇団だと、何か終わったらとりあえず飲みに行くのが通例だけど」

「どこだってそんなもんっしょ。俺が前にいた現場もそうでしたよ」

アンサンブル役の輪島《わじま》が答えると、天王寺はにやりと笑った。

勝は嬉しかった。今しがた体験した興奮を、早く誰かと分かち合いたかった。

百夜之夢の台本の中には、全てがあった。

笑ってしまうようなコミカルなやりとりから、仲間同士の友情、裏切り、命をかけた戦い、意地の張り合い、妥協、生きること、死ぬこと。

こんな台本を自分と同い年の人間が生み出したことが、もっというならば自分と同じ人間が生み出したことが、勝には信じられなかった。ただ自分の口から台詞が出てゆくごとに、どこにあるとも知れない『精神』の中に、清い水が流れ込み、それまでそこに存在した有象無象の思念を洗い流し、全く新しい人間にしてしまったような気がした。

この感動を、周囲の人々や、脚本の作者であるカイトと分かち合いたい気持ちでいっぱいの今なら、何時間でも居酒屋で語れそうだった。

稽古場を去ってゆく人々の中に、勝も交じろうとした時。

「勝」

呼び止めたのは、他でもないカイトだった。

いきなりの呼び捨てに若干戸惑いつつ、振り向いた勝の前で、カイトは見たことのない表情をしていた。見間違いでなければ、その表情の名は――憤怒だった。

「行くな。残れ」

「え？」

「残れ。話がある」

眼鏡の奥から、底冷えするような光が勝のことを見ていた。

素晴らしい脚本を書いてくれた男に感謝したい気持ちで満ちていた勝の胸は、一睨みでしゅうっとしぼんでいった。

残された勝に向かって、カイトは限界まで距離を詰めると、じっと上目遣いに睨みつけた。

「……なにか、問題がありましたか？　演技がまずかったとか……？」

「演技以前だ。わかってはいたから大した問題じゃないが」

お前はまだ、舞台役者ではない、と。

　カイトの声は短く、明瞭で、よく響いた。

「まず第一に、声が小さい。発声の基礎ができていない。上にマイクをつるして音を拾ってくれるテレビの収録じゃないんだ。客席の一番後ろにいるお客さんまで、声を届けられなきゃ、何をやったって意味がない」

「こ、声は大きい方だって、言われてきましたけど」

「それは一般人としての話だ」

　カイトは眼鏡の奥でぎんと瞳に力を込めた。自分より頭一つぶん背の低い、ひょろりとした男に気圧され、勝は後ずさりしそうになった。

「さっきも言ったが、これはわかっていたことだ。舞台は初挑戦なのだからな。あらかじめ台詞を暗記してきたことは、必要最低限の努力として認めよう。問題はそこから先だ」

「先」

「お前はあと一か月で、『舞台俳優』になる」

　カイトは断定口調だった。勝が小刻みに頷くと、違うとカイトは大喝した。

「一人称に置き換えて繰り返せ。『お前はあと一か月で、舞台俳優になる』。一人称というのは、『お前は』を『俺は』に言い換えろということだ」

「……『俺は、あと一か月で、舞台俳優になる』」

「もう一度。お前は、あと一か月で、舞台俳優に変身する」

「俺は、あと一か月で、舞台俳優に変身する」

「もう一度。お前は、あと一か月で、見違えるような舞台俳優に変身する！」

「俺は、あと一か月で、見違えるような舞台俳優に変身する！」

勝の大声は、稽古スペースにわんわんと響き渡り、天井の反響板をふるわせる音になり、こだまのように消えていった。

カイトはそれ以上言葉を継がず、微妙な表情をして勝を見ていた。つまり『微笑み』の顔である。

「宣言したな。ではやってみせろ」

「……よろしくお願いします、鏡谷さん」

「カイトでいい。僕も勝って呼ぶ」

「カイト」

気鋭の脚本家は頷き、眼鏡の後ろの瞳をもう一度輝かせた。あの時トイレに監禁されていた少年が、こんなに堂々とした顔をするのかと、勝は胸の奥で感動していた。

「容赦はしないぞ」

「ありがたいよ」

二人が握手をかわすと、何故か拍手の音が聞こえた。

居酒屋へ出かけたはずの関係者の面々は、稽古場から出てすぐの場所にひとかたまりになって、勝とカイトのやりとりをしっかりと覗いていた。

3

その日から勝の『百』としての日々が始まった。

勝の一日は、朝の六時、誰よりも早く稽古場にやってきて、裏方の人々と共に稽古場を整えるところから始まった。掃除が終わったら柔軟運動をして体のコンディションを確認し、カイトがやってくるのを待つ。いつも仏頂面で、目の下に隈をつくっている脚本家は、それでも六時半には必ずやってきた。

腹式の発声とウォーキングなど、舞台俳優の基礎的なスキルを培うための訓練を、カイトは勝に施していた。とはいえ早朝である。出そうとしても声は出ず体は硬い。

それでもカイトは容赦しなかった。

「まだ喉から声が出ている。腹だ。腹筋を意識するんだよ」

「はい！」

「今の声はいい。だがさっきの台詞は駄目だ」

「はい！　はい！」

「『はい』は一度でいい。次。腹直筋を鍛えながら発声」

「はい！」

「帰宅後の筋トレを忘れるなよ」

「はーいッ！」

しかし、カイトは『帰宅後』の課題を出しつつ、なかなか勝を帰そうとしなかった。まだ全キャストが毎回揃うわけでもない稽古場に、欠かさず出席している勝は、必ず稽古場に居残りさせられ、朝の続きとしてしごかれた。

「発声！　肩に力が入っているぞ」

「ウォーキング！　視線が低い！　二十メートル先を見ろ！」

「喜怒哀楽、『喜』！　……その芝居は何だ！　本当に目の前に客の姿が見えているのか！」

気鋭の演劇人鏡谷カイトは、マンツーマンでみっちりと勝の指導をした。若干『みっちり』しすぎのきらいがあるほどだった。同じく早朝にやってきて、同スペースの一階で衣装づくりや舞台美術づくりに精を出しているスタッフが、勝を憐れむような顔で見てゆく始末である。

くたくたになって帰宅し、課題の筋トレと柔軟に明け暮れるたび、勝の頭に去来するのは、高校時代のことだった。

いじめられていた『蒲田海斗』。そしてそれを止められなかった、生徒会長の勝。

ひょっとしてこれは迂遠な復讐なのではないだろうかと思っても、疲れ切った肉体は、余計なことを考える暇を与えなかった。

何かの気配を察したのか、マネージャーからは『大丈夫ですか？』という連絡が入ってきた。まだ稽古らしい稽古も始まらないうちに弱音を吐くのは絶対に嫌だったので、勝は絵文字をたくさんつけて『楽しんでます！』と返事をした。その後、ひとりため息をついた。

勝にとって癒しの時間となるのは、朝と夜の抜き稽古の間、他の役者の面々と過ごす昼間の稽古だった。

マンツーマンの特訓が二時間ほど続き、八時半ごろになると、三々五々他のメンバーがやってくる。まだ集中稽古の時期ではないので、遅刻してくるメンバーも多いが、それでも昼になる前にはそれなりの人数が揃った。

初めて出会う人々と、急速に親しくなってゆける時間が、勝には楽しかった。

「天王寺さん、ハイッ！」

「ひびきくん、はい！」

「勝さん、ハイッ！」

カイト考案の稽古開始時のメニューは、午前中いっぱいを使ったワークショップだった。ワークショップとは演劇に必要な総合力を培うためのもので、テレビの仕事の時に、勝は少しだけ経験があった。遠目から見れば遊びのようなものだが、全力で取り組むと汗みずくになる。

「田山さん、はいっ、今日はどうでしょう！」

「パス」

「あっ」

テンテン、と音をたてて、白いバレーボールが稽古場の床に転がった。

俳優たちが興じていたのは、名前を呼びながらボールを回す、単純なボール遊びだった。ただしポジションは勝を中央に囲む形なので、ほとんどの演者は勝の名前を呼んで球を回すことになる。小学三年生のひびきにも取り組みやすいもので、カイトの提案するワークショップとしては簡単なものだった。

最初から最後までパスを宣言し、一度もボールを拾わない田山以外は。

サボタージュにも全く悪びれた様子を見せない重鎮は、はじめのうちこそメンバーの中に嫌な緊張感を生んだが、慣れてしまえば「そういうキャラクター」という立ち位置に落ち着いていた。

カイトは何も言わなかった。

転がっていったボールを拾ったアンサンブルの輪島は、バスケットボール部の生徒のような手つきで、勝にすぱんとボールを回した。正面から受け取り、勝は笑った。

「ありがとうございます、輪島さん。ハイッ、ひびきくん！」

「ハイッ、天王寺さん！」

準備運動のあとは、『描写』のワークショップである。カイトは毎日それぞれ、三種類の庭、あるいは部屋などの設定をつくり、それぞれの姿を口頭で描写させた。

「今日は『皇居の立ち入り禁止区域の庭』『アラビアの中流家庭の庭』『メキシコから身一つで渡ってきたばかりの家族の庭』だ」

「ア、アラビアの中流家庭って、どう想像すればいいんだ」

「何とでも想像できる。勝、何度も言うがこれは正解を見つけるゲームではない。お前の頭の中にあるものを口で表現するワークショップだ。インタビューに答えるときにも役に立つだろう」

「……わかった」

「というわけで勝の割り当ては『アラビアの中流家庭の庭』」

「ううっ……」

「呻く暇があるなら頭を使え。ひびきくん、『皇居の立ち入り禁止区域の庭』をやってみてくれるかな」

「はい。わかりました」

「……『メキシコから身一つで渡ってきたばかりの家族の庭』を、田山さん」

よろしければ、とカイトは言い添えた。

田山は返事をしなかった。

勝は高速で頭を働かせた。回答はカイトが示した設定の順である。一番手のひびきは、ええと、と可愛らしく言いよどみながらも、丸くなって座っていたところから、立ち上がって語り始めた。

「皇居の立ち入り禁止区域の庭は、深緑色の背の低い木がいっぱい生えているところにあります。そこには椿の花が咲いていて」

「ということは、季節は冬かな」

「あっ、はい、そうですね。椿は冬の花なので……雪がまだ残っています。寒いです。でも警備員さんが二人いて、その人たちはカーキ色のコートを着て、帽子をかぶって手袋をはめて、仁王立ちをしています。立ち入り禁止区域の庭なので、誰かがいつも見張りをしていないといけないんです」

「なるほど、その通りだね。そのお庭の地面はどんなふうかな？　木の葉がたくさん落ちている？　それとも掃き清められている？」

「はい。きちんと掃除されています。秘密のお庭ですが、時々は皇居に住んでいる人たちがやってきてお散歩をするので、きちんと毎朝清掃をする人が入っています」

「素敵なところだ。耳を澄ましてみよう。どんな音が聞こえるかな」

「…………何も聞こえません。遠くの方で、車の走る音がちょっとだけ聞こえます。皇居の周りには道路があるので……えっと、でも、お庭の奥は、本当に静かで、耳が痛くなるくらいです……以上です」

「素敵なお庭に連れて行ってくれてありがとう、ひびきくん。拍手」

勝は全力で拍手をした。児童劇団に所属しているだけあって、ひびきはワークショップ慣れしていた。小学三年生であったころの勝ならしり込みしてしまいそうな課題にも、笑みを浮かべながらハキハキと答える。そして勝はそのひびきに慕われる役どころである。

無様な姿は見せたくない。

カイトに促され、勝は立ち上がった。

「『アラビアの中流家庭の庭』は…………きれいです」

「形容詞は最低限にしろと言ったはずだ。形容詞それ自体では何の意味も表さない。そこにある具体物やそのにおい、温度、質感などを描写しろ。お前は今その庭にいる。庭の感想が『きれい』では、片付いた部屋なのか美人の顔なのかもわからないぞ」

「……庭は、暑いです。三十度くらいある」

「じめじめして暑いのか？　それとも日差しが暑いのか？」

「日差しが、その、空気がカラッとしているので、照り付ける日差しが暑いです。日陰で風にあたるととても涼しい」

「ということは、その庭には日陰があるわけだ。それはどういう物体の陰だ？」

「……木。大きな木。果物の木です。その、この家はそんなにお金持ちってわけではないのですが、先祖代々暮らしてきた家に今でも住んでいるので、昔と変わらない大きな木が、庭の真ん中に生えています」

「なるほど。確かに庭に木が生えていれば、家に差し込む日差しを遮ってくれるだろうな」

「そ、そうですね。それで、その家には六歳と八歳の子どもがいるんですが、その二人は木の周りで追いかけっこをするのが大好きで、時々お母さんに叱られています」

「何故母親は二人の子どもを叱る？　危ないからか？　それとも何か他に理由が？」

「あー……木の周りに花壇があって、赤やピンクの花が咲いているんですが、子どもたちが間違って花を踏んでしまうことがあって、それで叱るんです。ええと、家の中からは、小さくテレビの音が聞こえてきます。アラビアの音楽番組が流れていて、お母さんが料理をしながらテレビを見ているんです」

「なるほど。勝の見ているアラブの庭は、暑い日差しの照りつける庭で、大きな木が生えていて、その周りを二人の子どもが走り回っている家なんだな。母親は家の中で料理をつくっている。スパイスのいいにおいが漂ってきそうだ。拍手」

軽く一礼して腰かけながら、勝は右手の甲で顎の下をぬぐった。冷や汗をかいていた。

カイトは既に勝を見ていなかった。

視線の先にいるのは、あぐらをかいてそっぽを向いている田山だった。

「田山さん、よろしければ」

田山は何も言わなかった。今回もパスならば、どんな事情か田山にだけ並外れて甘いカイトが、模範演技のような『描写』を披露するはずである。

だが今回は、田山自身が立ち上がった。

勝は目を見張った。いつも白目が濁った瞳の中に、龍のような光が走った気がした。

「……身一つで引っ越してきた家族の家は……庭の中にある。庭があるんじゃない。三年前、先にアメリカに渡ってきた父親の兄貴の家に間借りするはずだったんだが、兄貴はそんな話は聞いてないと突っぱねて、一家を自分の家の庭にある小さな納屋に押し込めたんだ。父親、母親、二歳の娘の三人だ。娘は何が起こったかわかっていないので、毎日ぼんやり庭を眺めている。朝目が覚めた時からずっと腹が減っているが、庭には食べられそうな植物や果物は生えていない。ただ砂色の土が敷き詰めてあるだけだ。もとは駐車場だったが、車を売って、なにもなくなった場所だからな。家壁のすぐ傍に、兄貴の子どもの使わなくなったおもちゃの、ブリキの飛行機が打ち捨てられている。翼に白字でUSと書かれているが、その子にはそれが何のことだかわからない。上を見ると太陽がまぶしい。でもメキシコにいた頃の日差しほどじゃない。アメリカの日差しはメキシコの日差しより厳しくて、どこか冷たい気がする。でもその子はそれが何故だかわからない。父親にはまだ仕事がみつからない。母親は昼間、近場のダイナーで皿洗いをしていて家にはいない。家の中には入るなと言われているので入れない。その子にとってその庭は、今の所の世界の全てだ」

田山は一息に喋り、すとんと腰を下ろし、またあぐらをかき、そっぽを向いた。

勝は猛然と拍手をしていた。自分が二歳の幼女になって、ひとり取り残された庭で空を見ているような気持ちになった。とても寂しくて、ひもじくて、つらかった。残りのメンバーも拍手をしていたが、田山は鬱陶しそうな目をするだけだった。

「……ありがとうございました。では、三十分の休憩を。食事をとったら、午後からはもう一度読み合わせだ」

はい、と一同の声がカイトに応じた。

午前中のワークショップよりも、勝は午後の読み合わせの方が好きだった。台詞は全て暗記しているので、『アラビアの中流家庭の庭』のように見えないものを無理やり頭の中からひねり出そうとする必要がない。

何より百を演じるのは楽しかった。

「おあにいさま、どこへ行っちゃうのですか」

「『おあにいさま』？　何だいそりゃ」

「百さまのことです。森若は百さまのおそばにおります」

「なんだってんだい。おいらはそんなこと、一度も頼んじゃいねえよ」

「でも森若はそうしたいのです。おあにいさま、なにをしてほしいですか」

開いた台本の中央に、カイトが無表情に手を叩き込んだ。ビンタのような乾いた音は、一時停止の合図である。まるく輪を描いて座り込んだ一同が、役の顔から俳優の顔に戻る、魔法の音だった。撮影で言うのなら、ディレクターの『カット』の声と同じである。

一幕二場、勝演じる百と、ひびき演じる森若のかけあいの芝居を止めると、カイトはまずひびきを見た。

「ひびきくん、ありがとう。とてもよかった。この子は今、百のことをどんな風に思っているのかな」

「ええと、野武士にさらわれて、お腹がぺこぺこのまま放置されていたところに、おにぎりをわけてくれたから、恩人さまだなって思っています。尽くしてあげたいです」

「いい子だねえ」

天王寺が呟くと、遠くで田山がくしゃみをした。野武士神猿大王は、一幕一場で百をかどわかしたあと、二場では出番がない。田山は出番がなくても座に加わっている天王寺とは対照的に、自分の役割がない時には、すぐ稽古場の外に消えるか、稽古場の端で健康体操のようなことをして、硬い体をほぐしていた。

カイトは気にせず、今度は勝を見て言葉を続けた。勝は小さく身をすくませた。

「勝。この時の百は一体何を考えている」

「え？　……育ちのよさそうな子がいきなり寄ってきて、『何だよ、迷惑だな』と思っている。いや……違うかな。百は昔から子どもに懐かれる性質だったから、ちょっとだけ嬉しい気持ちもある。村が恋しい、もあるかな」

「なるほど。完璧だな」

「ありがとうございますっ」

「だがそんなことは全く伝わってこないぞ」

勝は後頭部にどんと砂袋の塊《かたまり》を落とされたような気がした。そりゃそうだよな、と頭のどこかでは別の声が告げていた。

どうしたら自分の考えていることを声に乗せられるのか。

勝にはよくわからなかった。

テレビの収録の際には、何パターンか演じてほしいとディレクターに指示をされることがあった。その通りに幾つか違ったタイプの演技をすると、その中で一番いいものが、『本番』の番組の中にあてがわれて、きちんとした芝居が完成している。

だが舞台にはカットがない。編集作業で映像の切り貼りをすることもできない。端から端まで一発勝負である。

「……すみません」

「謝ることじゃない。頭の中にあることは完璧なんだから、あとはそれを表現すればいいだけだ。お前以外の誰も『百』にはなれない。それは確かなことだ」

勝は顔をあげた。

それは自分を、いろいろな問題を無視してまでも、主役に抜擢したことに関係があるのか――。

尋ねる前に、カイトは天王寺を見ていた。

「天王寺さん」

「あいよ」

「僕が森若を演じるので、天王寺さんが百をやってみてください。一幕二場の終わりから」

「演技プランは？　さっき勝くんが言ってたタイプでやるの？」

「お任せします」

「じゃ、軽く幾つか」

そしてカイトと天王寺は、即席の森若と百になって、出会ったばかりの小姓とさらわれてきた農民の芝居を披露した。

勝は最初、天王寺に百の役ができるのだろうかと少しいぶかった。天王寺はどこから見ても『かっこいいお兄さん』である。百はどちらかというと『まだ子どもっぽい部分の残っている純朴な青年』で、天王寺にはフェロモンがありすぎるような気がした。

だが。

「『おあにいさま』？　何だいそりゃ」

「なんだってんだい。おいらはそんなこと一ッ度も頼んじゃいねえよ」

天王寺は若返っていた。読み合わせで野武士の我愉原を演じた時の、腹の底からうなる獣のような声とは似ても似つかない、どこか勝に似た明るい声を出し、いつもより心なし姿勢もまっすぐにして、まるで別人になりきっていた。勝にはどちらが天王寺本人なのかわからなくなり、そのうちどちらも『本人』ではないことを思い出した。

天王寺は役者なのである。

はじめ、天王寺はオドオドして周囲の環境の変化におびえている百を演じてみせた。いきなり年少の子どもが寄り付いてくるが、戸惑っていてそれどころではないので、ぶっきらぼうに接してしまう。

二番目の演技では、百は子どもが自分を好いてくれたことが嬉しくて嬉しくて仕方のないコメディアンのようだった。口ではあまのじゃくなことを言うが、声ははずみ、表情はニコニコしている。だが時折、『こんなことに喜んでいる場合じゃない』と我に返るのが尚更おかしかった。

三番目の演技、百は精一杯気を張って己を保とうとしている、おびえた仔鹿のようだった。あらくれ野武士たちばかりの場へ気まぐれに連れてこられて、これからどうなるのかわからない。せっかく拾った命を棒に振ってしまうかもしれないので、本当は優しくしたい子どもも相手にも、わざと武張ったことを言う。

森若カイトは演技プランを変えず、毎回同じように天王寺の芝居を受けた。そうしてひびきに向かって『君はそのままでいい』と伝えていた。それが尚更、『相手』の演技の違いを引き立たせた。

三パターン試したところで、カイトは再び、台本を叩いた。

「――ここまで。天王寺さん、ありがとうございました」

「どういたしまして。もっと怖い百ちゃんも演じてみたかったけどね」

「おそらくそれは『百』ではないですね」

「俺もそう思う」

ひびきが拍手をした音で、勝は稽古場に引き戻された。目の前で繰り広げられたものがあまりにも凄まじくて、頭が現実逃避寸前の状態だった。

演技とは、演じることであるが。

役者の仕事とは、ただ『演技』するだけではなく。

自分の頭の中にしか存在しない世界を、さも実在するかのように、観客に伝える仕事であるのだと。

『アラビアの中流家庭の庭』よりも読み合わせの方が楽しくて、なんとなれば楽だと思っていた自分を、勝は思い切り殴り飛ばしたくなった。

全ては根のつながった、源流を同じくするものだった。

役者に見えていないものが、観客に見えるはずが、伝わるはずがないのである。

「…………天王寺さん、すごいです。感動しました。本当にすごい」

「おー、勝ちゃんは素直な子だね」

「いやあ」

「勝。何かわかったか」

カイトの声に窘《たしな》められ、勝は緩んでいた表情を引き締めた。

「……少し、わかったと思う。自分がわかってなかったことが、わかった。もっと頭を使えってことだよな。しっかり考えて、それを表現しろって言われた気がした」

「その認識で間違っていない。素晴らしい一歩だな」

勝は少し驚いた。カイトは時々外国人のように演者たちを褒めた。イギリスに留学していたというからには、おそらく現地の教師たちにそんな風に褒められていたのだろうと勝は想像した。そしてそのやりかたを、日本の役者たちにも伝えようとしている。

カイトもまた、ある意味では『演技者』だった。

トイレタイムの五分休憩の間に、勝は必死で台本の中に状況を箇条書きした。百が置かれている環境と、百が抱いているであろう感情。新しい場所、知らないところ、野武士たち、たくさんの刀、くさい、怖い、死にたくない、家に帰りたい、でも内心を見透かされて、みくびられてはならない。勝は笑った。まるで稽古場にやってきたばかりで、いきなり主役を任されている自分の心境そのままだった。

休憩の後、カイトは一幕二場をふたたび勝とひびきに演じさせた。勝は自分の今の状態を全てさらけだすような気持ちで喋った。

何事もないようなふりをして、うわべは明るく振る舞っている。

でも本当は、怖い。とても怖い。

しかし逃げられない。やるしかない。

カイトは二人のやりとりの最後、森若が強引に自分を百の小姓に認めさせてしまうまで、芝居を止めることはなかった。パンという乾いた音に、初めて勝は安堵を覚えた。

「ひびきくん、ありがとう。勝、よかったよ」

「……ありがとうございます！」

「さっきと全然ちがってましたよ、おあにいさま」

「えっ、おあにいさま？」

「はいっ。お芝居の中と同じです。僕、これから勝さんのこと、『おあにいさま』って呼んでもいいですか？」

キラキラした二つの瞳が、まるで黒い宝石のように勝を見つめていた。

ひびきの中にあるのは、勝への無垢な好意だけだった。

と。

何かが。

勝の胸の奥で、透明な竜のように暴れ狂った。

『お前ならできるよ。俺の分まで頼んだぞ』
『大成してくれ、先輩』
『大成してくれ』

胸の奥で響く声は、勝の大切な後輩の声だった。思い出すまでもなく、朝も、昼も、夜も、いつまでも胸の奥で聞こえ続けている、ハウリングのような言葉たちだった。

「勝さん？　あの、嫌だったらいいですから」

固まっている勝に、何か勘違いをしたひびきが、取り繕った笑みを浮かべて見せた。

勝は急いで首を横に振り、ぐっとひびきの肩を引き寄せた。一幕三場、親しくなった百が、片時も離さずに森若を可愛がり始めた後のように。

「おうッ、まかせとけよ森若。おいらについてこい」

「……おあにいさま！」

腰に抱きついてきたひびきを抱き返し、勝は笑っていた。顔だけで必死に笑っていた。演技の内面を考える必要性などなかったころから、笑顔の演技だけは得意だった。

その顔を、カイトだけがじっと、眼鏡の後ろから見つめていた。

翌日の稽古は休みだった。

何しろカイトの古巣の劇団による、カイトの戯曲『門《ゲート》』の公演初日である。希望者にはチケットを、とカイトが告げたところ、田山以外の全員が即座に手をあげたため、ほぼ全員で観に行くことになった。

「五秒で売り切れたチケットだろう。関係者席に座れるなんて夢みたいだ」

「いや、一応三十秒はもったらしいですよ」

「同じだよ、瞬殺、瞬殺」

アンサンブルの輪島は、しきりとアルバイト先への詫びの連絡を入れていたが、劇団関係者が出してくれたバンに揺られて、いざ劇場が近づいてくるとハイテンションで喋り続けた。この男は本当にカイトの演劇が好きなのだなと思っていた矢先、輪島がぼそりと呟いた。

「これでやっと運が向いてきた……借金返せる……」

勝がぎょっとすると、輪島はあっと口をふさぎ、少しくたびれた顔で笑ってみせた。

「アンサンブルのギャラって大体、一公演一万か二万くらいでさ、それでチャンバラをさせられるんだから、体を維持するのだけでも大変なのに、バイトを入れないと食っていけないだろ。それでも前の舞台の時には、正直バイトをする暇もなかったから、少し借金があってさ……でも鏡谷カイトの舞台のギャラは、いつもより少し高いから」

「えっ、一公演、一万円なんですか」

驚いたひびきに、そうだよおと輪島は笑ってみせた。その笑顔に勝は少し胸が悪くなった。

「それで練習の時にはノーギャラなんだもん。ひびきくんはアンサンブルじゃなくてよかったねえ」

「でも、あんなにかっこいいけど、お金にはならないんだよ」

「かっこいいけど、お金にはならないのに」

「話の流れをぶったぎるけど、今日お弁当どうするの？　幕間《まくあい》に食べないと絶食だろ。輪島くん、何食べたい」

機関銃のように天王寺は喋った。気圧された輪島は、おどおどしながら何でも、と答えていた。天王寺は出し入れ自在なフェロモンを少しだけ発散しつつ、にこりと笑った。

「じゃあ焼肉弁当にしよっか。この近くにいい店あるんだ。安くてうまい。幕間に取りに行くって予約もできるよ。場所を教えとくから、後で取ってきてよ」

「……わかりました」

車が地下駐車場にとまると、天王寺は輪島ほか、アンサンブルの男手を連れて、弁当を予約しに出ていった。

「…………」

勝は複雑な心境だった。勝の一公演あたりのギャラは十五万円である。アンサンブルの日当の安さはショックだったが、かといって援助する余裕があるわけでもない。基本的に役者は、『役』のない間は無収入である。天王寺のように、引きも切らずあちこちから求められている売れっ子ならばいざ知らず、勝のように仕事を受けられない時間の長かったものには、金銭の得難さは身に染みてよくわかった。勝の両親は都内で鮮魚店を営んでいて、二人ともまだ健在である。高齢になってきた二人を、同居している弟が支えていて、勝は好きにさせてくれている。それもまた、勝自身の力ではどうしようもない、幸運のたまものだった。

総収容人数五百名と、劇場の多い新宿の中でもそれなりの規模を持つホールは、完売御礼の満席だった。カイトが勝たちに準備してくれた席は、関係者のために最後までとっておかれている席で、座席中央を横にぶちぬく通路沿い、眺望のよいセンター席だった。天王寺ほか、有名人がいることでざわついてはいけないので、勝たちは劇場内の明かりがほとんど落ちた、薄暮のようなオレンジ色のライトのみになった後で着席した。

『門』とは、鏡谷カイトのデビュー作にして、代名詞のような戯曲だった。

既に大手の戯曲出版社から発行され、新宿の大書店にもずらりと並び、ベストセラーになっている。ハードカバーの税込み千五百円と、少し懐が痛んだが、勝も手に取り、通読していた。

短い話だった。

舞台は架空の王国の『門』の前、登場人物は男二人、女一人の三人きりだった。門の前にかかげられた松明以外にあかりはなく、三人は光に吸い寄せられる羽虫のように集う。

物語が進むにつれて、三人はそれぞれ、自分たちの記憶があいまいであることに気付き始める。どこから来たのかも、どこへゆこうとしているのかも、三人のうち誰もわからない。暗闇の中からは不気味な音が聞こえてくる。門があるのは尋常の場所ではないらしい。

時間が経つにつれ、三人はそれぞれ少しずつ自分のことを思い出し始める。マヤ、テツ、ハヤという名前。仕事。最後の記憶にある自分より、体が若返っているように思われること。

やがて三人は、ひとつの推論にたどりつく。

自分たちは死んだのではないか。

この『門』は、死後の世界に通じているのではないか。

めいめいの生活を思い出すにつれ、三人は相いれない価値観やプライドをあらわにし、一旦は和解したかに思われた平穏を破り、争いをエスカレートさせる。

三人が殺し合い寸前になったところで、門が開く。

中からは眩い光が差し、視界がホワイトアウトするところで、幕が下りた。

真っ白になった舞台は暗転し、その後再び光が戻ると、三人が手をつないで上手、客席側から見て右側の袖から出てきた。涙を流し、泡をとばして罵り合っていた演技はどこへやら、いっぱいの笑みを浮かべ、全身を汗みずくにして。

勝は席を立ちあがり、スタンディングオベーションをした。人間の醜さや身勝手さ、その中で輝く優しさ、しかし優しくなりきれない愚かさなどを、むき出しの刃物のような厳しさで見せつけてくれたことへの、せめてもの礼のつもりだった。ひびきも立っていた。天王寺や輪島たちも立ち上がり、拍手がシンクロした手拍子に変じると、マヤ役の女性が再び舞台袖に消えた。

次に出てきた時には、カイトの手をつないでいた。黒いスラックスに白いシャツの、稽古場でよく見る姿だった。

未だに着席していた数少ない客もそれで立ち上がり、客席は総立ちになった。

カイトは五百人の観客に、当日補助椅子席、立ち見席を加えた人々の全てに喝采されていた。あなたの芝居は素晴らしい、あなたの戯曲は素晴らしいと、全ての人々がカイトに拍手を送っていた。

カイトは少しの間だけ、三人の役者の前に立っていたが、そそくさと三人を前に出すと、感謝するように、あるいはもうこれで勘弁してくださいとジェスチャーするように、顔の前で手を合わせて何度も頭を下げてから、逃げるように舞台袖に去っていった。

物語の解釈を語ったり、役者の迫真の演技を讃えたりと、興奮冷めやらぬホワイエの隅に留まり、勝たちは係の人間が呼びにくるのを待った。

「二藤さまですね」

「はい、そうです」

こちらへどうぞと促す受付係の女性に導かれ、勝たちは控え室へと回った。たくさんのスタンドフラワーで、五十センチほどの幅しかなくなった通路を抜けてゆくと、ヘアバンドを巻いてメイクを落としている役者三人と、『百夜之夢』の現場でも顔を見かけた裏方の人々、そしてカイトが立っていた。

まっさきに勝の姿に気づいたのは、テツ役の男性だった。自分と同じくらいの年齢に見えることに、勝は驚いた。舞台の上の演技では、五十歳のようにも三十歳のようにも見えた。

「二藤勝さんですか？　次のお話の主役の」

「は、はいッ」

　おめでとうございます、という声には、嫌な空気が微塵もなかった。今まで何度もカイトと苦楽を共にしてきたメンバーである。本来ならば俺が演じるはずだったのに等と殴られる可能性もないではないと覚悟していたが、杞憂に終わった。

　テツ役の俳優は、野々宮健吾《ののみやけんご》という名前だった。しかし役者仲間たちには『テツ』と役名で呼ばれている。もうずっと演じてるからね、と笑う彼は、以前にも『門』でテツを演じたことがあるようだった。

「いつからカイトと一緒にお芝居を……？」

「大学のサークルから。『地をゆく黒蝙蝠《こうもり》』っていう劇団だったんだけど、カイトはまずうちの座付きの戯曲家としてスタートしてるから。今考えると贅沢させてもらってるよ」

「じゃあ、初演から……？」

「いや、初演は俺たちの先輩だった。あの時の『門』はプロトタイプで、今とはちょっと終わり方が違ったんだけど」

「健吾。何をしてるんだ。さっさと化粧を落とせ。あと三十分で完全撤収だぞ」

　声の主はカイトだった。野々宮健吾は肩をすくめてみせた。

「ま、そういうことで。今度どっか飲み行こうよ」

「いいんですか……！」

「その顔だとなんか相談したいことがありそうだから」

勝は一歩、野々宮健吾との距離を詰めてしまった。飲みに行こうと言われても、稽古稽古の毎日で、いつ行けるかなどわかったものではない。知りたいことは今すぐ知りたかった。

「あの、俺……いや、野々宮さんは」

「うん」

「……どうして自分が、役に抜擢されたのか、カイトから説明されましたか？」

「いや別に。だって俺がやりたかったんだもん」

「オーディションが……？」

「なかった。カイトが決めたからね。プロデューサーは外から俳優を連れてこようとしたけど、俺はそのままになった。マヤ役は外の人だけど。わかるよね、テレビドラマにも出てるから」

勝はこくんと頷いた。野々宮健吾はさわやかな風を浴びたような、全てのことがどうでもいいような顔を見せ、勝に微笑みかけた。

「悩んでるんだね」

「…………」

「君の今いる椅子に座りたい人はね、たくさんいるよ。星の数ほどいる」

「……わかってます」

「だから、いいんだよ。その椅子を誰かに譲っても」

勝はぽかんとしてしまった。あまりにも思いがけない言葉だった。

リアクションを見越していたように、野々宮健吾は微笑みを深くした。

「でも君は譲ってない。何故か譲っていない。その『何故か』が重要だ。そこに目を向けてみなよ。きっと何かが見つかると思う」

「………野々宮さん」

「俺もそういうことあったからさ」

「……はい」

「がんばりなよ。カイトの芝居はとにかく演《や》り甲斐がある。全部終わったあと、たぶん君は別人になってるはずだ」

「俺は、あと一か月で、見違えるような舞台俳優に変身します」

「ああ！　君も言わされたか！　俺もやったよ」

笑った野々宮の前で、勝は胸から鎧《よろい》が一枚はがれたような気がした。他人に対して覆っていた鎧ではなく、自分自身に対して覆っていた鎧である。主役抜擢は幸福で幸運なことなのだから、素直に喜んで全力を尽くさなければならないという思いの裏にあった、どうして自分がこんな目に遭わなければならないのかという、贅沢な怒りである。

そういう気持ちを抱えていてもいいのだと言われた気がした。

野々宮は化粧のはがれかけた顔のまま、さわやかに笑っていた。

「懐かしいな。あの呪文が効いたのかどうか、正直俺にはわからないけど、気持ちの上では役に立ってくれたかもしれない」

「なってると思います。野々宮さんは、『見違えるような』……いえ、『目の覚めるような舞台役者』です。俺にとっては、間違いなくそうです」

勝が言うと、野々宮はきょっと目を見開いた後、照れくさそうに笑った。

「……カイトさまさまだ。俺より若いのに、大したやつだよ、あいつは。きっと昔は苦労したんだろうな。あいつはそういうこと、全然話さないけど」

「…………………」

「さてと、いい加減ドーランを落とすかな」

「すみません、お疲れの時に」

「いいのいいの。ほんとに飲みに行こうね」

「はい！」

一通りの挨拶を済ませて、勝たちは再び稽古場へと戻った。今日は演劇雑誌の取材があるため、カイトは稽古場に現れない。そのかわりに副演出の佐藤佳苗《さとうかなえ》が、各人の演技を見ていたが、カイトが指示した以上の新しい指示はなく、最初から最後までビデオカメラを回していた。カイトに転送するらしい。田山は姿を現さなかったので、神猿大王の台詞は代役が語った。

「あのじじい、何考えてんだろうな」

稽古場を出てすぐ、一階へと下りる階段手前の薄暗い廊下で、輪島がぼそりと呟いた。

確かに稽古場での田山の態度は問題があった。ワークショップは不真面目で、勝手に早退し勝手に遅刻する。勝が同じことをしたら、まずはカイトに、次はプロデューサーに叱責されるであろうし、マネージャーと一緒に平身低頭し、それでも許してもらえるかどうかわからないラインの蛮行だった。しかし相手は田山紺戸である。

口は禍《わざわい》の元という言葉が洒落にならない業界である。勝は何より、そんなことを公共の場で口にしてしまった輪島のことが心配になったが、当の本人はスマートフォンの画面をのぞいて、アルバイト先の相手に何やら連絡をしているようだった。本当に忙しいのだな、と思った時、輪島は不意にふりむき、勝を驚かせた。

「おつかれです。勝さんはバイトしてないんですか」

「……今は入ってないです」

「何か割のいいところ知らないっすか。もしあったら紹介してくださいよ」

よろしくお願いしますねと言いながら、輪島は足早に階段を駆け下りていった。

翌日からカイトは稽古のスピードをあげた。『門』の公演が始まり、段取りなどの監督責任者が舞台監督に移ったためである。それまでのカイトのスケジュールは、深夜から早朝を『門』の稽古にあて、二時間仮眠、その後は即『百夜之夢』の稽古場で勝に個人指導、そして全体稽古を経て夕刻という、過労死コース一直線のものだったという。佐藤副演出からその旨を聞いた勝は気絶しそうになった。そして次に、冗談めかしても「しんどい」などと自分が口に出さなかったことに感謝した。

「始めるぞ。一幕十場から」

「はい」

読み合わせが進むにつれ、勝は百という存在の不可思議さに思いを馳《は》せるようになった。

オーシャンブルーこと辺見葵《へんみあおい》を一年間演じた時には、そもそも役と自分の人格とを、それほど分けて考えたことがなかった。ただ、自分が不思議な力のあるベルトを手に入れて、世界の海を救うために戦えと宇宙人に指示されたら、こうするかもしれないなと思うままに演じていただけだった。

だが百はそうではなかった。

はじめ、百は農民であったが、野武士の集団に適応し、次第に略奪に加わるようになった。大切な小姓を奪われてしまったことで失意に落ち、その後は八つ当たり、あるいは現実逃避のように、ものを奪うことについては深く考えず、仲間たちと騒いで、獣のような生活を送るようになる。しかし大切な人間を殺されてしまった立場の相手を目の当たりにしたことで、ふと我に返る。そして最後には、故郷の村を守って討ち死にする。

何もかも勝とは違う。

ダイナミックな人生の全てが、百の中に存在した。

勝は自分の中に、百と自分のふたつのチャンネルが存在するような気がした。もし自分が百と同じ状況に置かれたとしても、人を殺すようにはならないだろうと思った。しかしそれは勝が現代の日本で、人殺しは絶対にいけないという教育を受け、兄弟姉妹が飢えで死ぬことが当たり前ではない環境で生きてきたからで、生きることも死ぬことも、道端の石のように当たり前に転がっている時代に生まれていたら、どうなるかわからなかった。そして人を殺すことの意味などという、抽象的な事柄を考えられるのは、神猿大王の台詞にもあるように『明日食うものにも困らない奴輩《やつばら》の、反吐が出るような特権』なのかもしれなかった。

そしてそういった、『勝』が頭で考えている仮定を全て取り払った場所に、百がいた。

　勝の胸の奥に、道端のお地蔵さまに祈る姿勢で、ちょこんと座り込んでいて、時々勝を、何か信じられないものを見つけたように眺める。食べるものに困っていなくて、演じることでお金をもらえる人間がいることが、百には信じられないのである。その眼差しに吸い込まれ、自分自身の輪郭線がわからなくなるような数秒の時間を経ると、『勝』というチャンネルは『百』に切り替わった。どちらがどちらを支配しているのでも、上下の関係があるでもない、ただそこにいる、見知らぬ誰かだった。だがその誰かは勝と同じ顔をしている。

　カイトの勝への演出指示は、発声や表現などの根幹にかかわる部分から、徐々に細かい部分へシフトしていった。そして勝は自分がカイトのオーダーに少しずつ応えられるようになっている手ごたえを感じた。事実、何度かやり直すと、ＯＫが出ることが増えた。

「それでいい。やればできるじゃないか」

「あ……ありがとうございますッ！」

　仏頂面のまま、カイトは時々、勝を褒めるようになった。

　それがただの諦めや、発破を掛けるためのおべっかではないことを、勝は理解していた。アクションのキレは随一であるものの、なかなか出演シーンを覚えず、アルバイトによる遅刻常習犯のアンサンブル・輪島などには、カイトは「お前は何をしにここへ来ているんだ」と、怒りを隠さない。反省した様子を見せないでいると、カイトは怒りすらしなくなった。言ってもわからないと判断した相手に対して、カイトは容赦しないのである。

ましてや主役の勝に対して手心を加えるとは思えない。

今日の稽古の中心は一幕十場だった。

一幕のクライマックスにして、農民の人生と地続きのまま野武士になっていた百が、かつての日々と決定的な別れを迎えることになるシーンである。

「てめえ何しやがる！　森若！」

「おあにいさま……」

「森若、森若！　ああだめだ、だめだ、俺を見ろ！　息をしろ！」

「おあにいさまにおつかえできて、森若は、しあわせでした……はわさま……はわさま、どこですか、ああ……」

天王寺演じる我愉原の高笑いが響く中、ひびき演じる森若は、百に抱かれて絶命する。

息絶えるシーンで、ひびきは微笑みながら、すうっと目を閉じた。

途端に『百』の中に、『勝』のチャンネルが逆流した。

大成してくれ。

大成してくれ。

お前ならできるよ——。

「……勝？　勝？」

はっとして我に返った勝は、稽古場の全員が自分を見ていることに気づいた。

自分の台詞を読まずに、呆然としていたのである。

「っ、すみません。我愉原ァ！　許さ……」

「もう一度最初から」

「……はい」

カイトの声は冷たかった。

勝はもう一度、『百』のチャンネルに潜り込んだ。しかし我愉原に森若が斬り殺されるシーンが演じられると、再び『百』から『勝』に戻ってしまう。胸がどきどきして、呼吸は荒く、喉の奥はからからになった。

そのまま稽古を続けようと台詞を口にしても、ただの棒読み以下の声になってしまい、カイトに稽古を止められる。

同じシーンを繰り返すたび、勝の中の亡霊のような面影は、一歩、また一歩と近づいてきた。

大成してくれ。

お前ならできるよ。

だってお前は、俺の未来を奪ったのだから――。

「ははははは！　愉しいな、愉しくてたまらないよ！」

高笑いする我愉原の声が、勝の気に障った。百の台詞が入りやすいようにわざと盛り上げてくれているのだと、勝の理性は理解していたが、その一万倍荒れ狂っている感情の部分は、何もわかっていなかった。

「何も知らないで……」

「え？」

気づいた時には、勝の口からは勝手な言葉がこぼれていた。

台詞ですらない、ただの勝の言葉である。

困惑した顔のカイトは、芝居を止めるのも忘れて、勝の顔を見つめていた。

「…………勝？」

ぽかんとしたカイトの顔が、失望しているように見えて、勝はたまらず立ち上がっていた。勝の左手は台本を握りつぶし、右手で顔を覆っていた。

「……すみません。ちょっと、頭冷やしてきます。申し訳ありません」

稽古場を飛び出した勝は、ひんやりとした廊下を抜け、階段を駆け下り、熱波の中へ飛び出すと、そのままあてもなく歩いた。右手にはコインランドリーとコンビニがあり、コンビニへ入ってじっとしていれば、またすぐに稽古場に戻れそうだったが、今はそうしたくなかった。左手には特に何もないビル街がひろがっていて、一ブロックさきの広い通りには都営バスのバス停の待合所がある。

勝は待合所まで歩いた。

バスに乗ってどこかへ逃げたいわけではなかった。そんなことをしたらマネージャーと一緒に謝罪コースである。だが稽古場ではないどこかへ連れて行ってくれる乗り物の、せめて乗り場の手前くらいまでは行きたい気分だった。自分にはまだ逃げ場があるのだと思いたかった。実際にそんなものはないとしても。

ガラス張りの壁の脇にある、二人掛けのベンチに腰かけて、勝はうなだれた。財布は稽古場の鞄の中にいれたままなので、バスがやってきても乗ることはできない。それでもバスを待ちたかった。

右側の靴がやけに足の親指にあたっている気がして、勝は靴を片方脱ごうとした。だが汗で足がはりついていて脱げない。こんなところで靴を脱いでどうするつもりだという気持ちもあったが、何かしていないと叫び出してしまいそうだった。その時。

「おい、ゴゴ」

不意に誰かが、声をかけてきた。

振り向くと、膝に手を当ててカイトが息切れしていた。手には何故か、勝と同じように台本を握りしめている。勝が出て行ってすぐ、後を追いかけてきたようだった。

「……『ゴゴ』？」

「戯曲『ゴドーを待ちながら』の登場人物だ。靴を脱ごうとしてるゴゴのところに、僕みたいなやつが来るところから始まる芝居。もう一人の名前はディディ。まあそんなことはいい。どうしたんだ。病院へ行った方がいいなら」

「ごめん。いきなり飛び出して、本当に申し訳ありませんでした」

「別に。慣れてる。そんな役者は山ほどいるよ」

本当だろうかと勝はいぶかった。少なくともテレビの世界に、そんな役者は存在しなかった。存在できるはずがなかった。一日で何週間分もの収録をしなければならない現場である。スケジュールは分刻みどころか秒刻みだった。トイレに行くのも決まった時間の現場で、勝手に抜け出すものが出ようものなら、一体どれほどの損害が出るのか、考えたくもない惨状だった。

カイトは無言で、勝の隣に腰を下ろした。手持ち無沙汰に、勝はもう一度カイトに詫びた。全員を待たせていることについても詫びた。

応えるかわりに、カイトは質問を投げてきた。

「勝。どうした」

「……どうもこうもないよ。トチりまくりだ。本当に申し訳ありません」

「何か、言いにくい台詞があるなら変更する。そういうことも可能だ」

「俺のせいで戯曲に手を加えるっていうのか！」

「何を怖がってる」

勝は目を見開いた。

眼鏡をかけたカイトは、自明のことを尋ねるような口調で、勝の心に手を突っ込んでいた。不愉快な感覚がこみあげて、勝は目を逸らしたが、カイトは気にせずそのままベンチに座っていた。

気まずい沈黙の後、勝は口を開いた。

「……カイトは、俺のことをどこまで知ってて主役にしたんだ」

「何でも知っている」

「そんなわけないだろ」

「篠目《しのめ》幸則《ゆきのり》のことを気にしているのか」

篠目幸則。

胸の奥から心臓を掴みだされた気がして、勝は口を押さえた。

一時期ネットニュースなどで取り沙汰された話ではある。カイトが知らないと思っていたわけではないし、共演者たちにも知られていると、頭では理解していた。だがそれを目の前で言われることはまた別である。胸の内の本棚に差さっている、血で描かれた昔のアルバムを、べろりと目の前に広げられたような気がした。

カイトは何も言わず黙っていた。図星であることは悟られているはずである。

しばらく黙ってから、カイトはぼそぼそと喋った。

「篠目幸則。愛称ユキ。今年で二十一歳。『オーシャンセイバー』のオーシャンレッド役として、十八歳の頃から活躍したアクション俳優。だが撮影中の事故でアキレス腱を断裂、その後俳優としては引退。事故の原因は共演俳優とのノースタントの練習中のもので」

「もういいよ。わかった。もういいよ」

カイトは言葉を切った。稽古場では水を得た魚のように、あるいは金棒をしょった鬼のように、自由自在に言葉を紡ぐのに、飲み屋を含む外の世界では、カイトは途端にぼそぼそとしか喋らなくなった。今の勝は何故か、その朴訥さに慰められていた。

「……プロファイリングかよ」

「そんなものだ」

「『そんなものだ』って」

「言っただろう。何でも知っているって」

「…………じゃあ俺が飛び出した理由もわかるのか」

「なんとなくは」

「……でも言わないんだな」

「僕だったら言われたくない」

勝は笑った。それは『だからお前が自分で話せ』と言っているようなものだと、カイトに言ってやりたかったが、そのくらいカイト自身わかっていそうなのが癪だった。

そもそも目の前にいるのは、人間の醜さの極北を描き出した『門』の作者である。どんなことを言ったとしても、そんなことは知っていると言ってくれそうな気もした。

あるいは戯曲のこやしにすると。

勝は口を開いた。

「…………知っての通りだよ。ユキの俳優生命を奪ったのは俺だ。二人で練習してたんだ。ノースタントなら顔出しでやれるって、ディレクターから提案があって、だったら二人で練習しようって、ちょっと狭かったけど試してたんだ。俺が蹴って、ユキが受けて」

「それで篠目が転倒し、事故になったと。つまり二人とも同意の上で練習していたということだろう。記録を見たが、きちんと保険金も出ている。何故それがお前のせいになるんだ」

「俺のせいなんだよ！」

「完全に治癒しなかったからか」

「わかってないな！　俺のせいなんだよ！　ユキを誘ったのは俺だったんだよ」

「篠目幸則は未成年ではあったが、意思決定に後見人が必要な年齢ではなかった。自己決定のできる年頃だったはずだ。そしてお前たちはどちらも俳優で、観客に最高のパフォーマンスを提供するために努力していただけだ。そこに過失はない。客観的に見て、お前に怪我の責任はない」

「そんなコンピュータみたいな答え方をするからあんな風にいじめられたんじゃないのか、お前は！」

　言葉は刃になり、カイトに突き刺さった。

　勝は呆然とした後、ベンチから立ち上がった。そして地面に膝をつき、頭を下げた。シンプルな土下座の姿勢で、勝はカイトの足元に額を擦りつけた。

「ごめん」

「何してるんだ、勝」

「ごめん。今の言葉は最悪だった。本当にごめん」

「衛生上の問題がある。立て」

「……『衛生上』って」

「いいから」

地面についた手を取って、カイトは勝を立ち上がらせた。そしていつもの仏頂面のまま、勝がベンチに置いてしまった台本を突き出した。

「僕がいじめられていたことには、いろいろと原因があるだろう。だが今のお前の態度とそれとは完全に無関係だし、演技にしても大根だ。芝居は稽古場でやれ」

「演技じゃない！　今のは」

「わかってる」

カイトの声は、清流を流れる水のようだった。

熱を持ち、破裂寸前まで追い詰められていた心臓に、そっと冷たい安らぎを与えるような声に、勝は目を見張った。

眼鏡をかけた演出家は、穏やかな眼差しで勝を見ていた。

「そんな演技ができる男じゃないだろ」

「…………」

勝は黙り込んだ。そして再び、有名だが見たことも読んだこともない戯曲の主人公のように、ベンチに座り、靴を直した。今度こそ右足の親指は、靴の中の所定の位置に収まった。そして暴れ狂っていた心臓も、幾らかは同じように収まっていた。今頃稽古場はどうなっているのだろうと思うと、勝はすうっと頭が白くなるような気がしたが、話せることは今のうちに話してしまいたいという気持ちもあり、それが勝った。

勝は口を開いた。

「………入院中は見舞いに行けなかった。どのつらさげてって思ったんだ。退院した後、ユキは松葉づえをついて事務所に来てくれて、俺に笑ってくれたんだよ。『大成してくれ』って言ってくれたんだ。俺がやったのは取り返しのつかないことなのに、笑って、『俺の分もがんばれ』って言ってくれたんだ。それしか言えないよ。恨み言なんて言ったってどうしようもないってわかってたら、俺だってそういうことしか言えないと思う。俺は死ぬまでユキに詫びたいけど、ユキはそんなこと望んでないって言ってくれたんだ。それで、それで………」

勝はワークショップに挑んでいるような気がした。事実その通りだった。ワークショップは自分の内面にあるものを外側に出す訓練である。今勝がやっていることは、まさにその通りだった。それを出すべきかどうかは別として。

それでも訓練の成果か、言葉は勝手に出ていった。

「それからしばらく、アクション込みの演技の仕事ができなくなった。怖いんだ。俺の演技を受けてくれる相手の顔がユキに見えて、頭が真っ白になる。事務所に頼んで、そういう仕事は受けないようにしてもらった。でもその後は、アクションのない仕事の最中でも、ユキのことを思い出して台詞が飛ぶようになったんだ。短い芝居なら大丈夫で、だから再現ドラマの仕事は受けられたし、アパレルのモデルの仕事もＯＫ

だったけど……今回みたいな仕事は……」

勝は自分で自分の膝を殴った。何度も殴った。殴り続けた。

「俺は『大成』しなきゃいけないのに。ユキと約束したのに。でもこのままじゃ仕事を続けることすらできない。こんな自分にはもう、うんざりだ。心底うんざりなんだよ。でも、体と頭が、言うことをきかなくて……俺は…………」

勝は最後に、涙をこぼすように吐露した。

「……時々俺は……どうしたらいいのかわからなくなる」

カイトは無言で勝の言葉を受けた。

三秒ほどあってから、カイトは口を開いた。

「ひとつ確認させてくれ」

「…………何だ。降板か」

「お前が苦しみながらも演技の仕事を続けようとしているのは、何故だ。贖罪のためか？　それとも別の理由がまだあるのか」

カイトの声は刃物のようだった。勝は裁きを下す人間の前に立たされている気がした。

何のために。

自分は何のために演技の仕事にしがみつき続けているのか。

大成してくれという言葉のためなのか。それとも。

それともまだ、何かが。

何かが残っているのか。

勝の胸に去来するのは、『百』役のオファーを受けてからのことと——学生時代のことだった。

「……俺は俳優になりたい。いや、なりたかった」

「なったじゃないか。それは通過駅の話だ」

「わかってる。もうちょっと話を聞け」

カイトはジッパーを閉めるような仕草をして、自分の口を閉ざした。勝は微かに笑い、口を開いた。

「何でなりたかったかっていうと……小さい頃見てた、テレビ番組の影響で」

「『病床の騎士ドラグーン』」

「……ほんとに何でも知ってるな」

「ウェブ雑誌のインタビューに答えていただろう。読んだら忘れない」

「まあ、それだよ。俺は昔、そんなに体が強くなかったんだよ。でも毎週テレビをつけると、病院に入院してる子が、ドラグーンっていう竜のかぶとをつけたヒーローに変身してさ、病気を擬人化した怪人と戦って、勝つんだ。変身が解けるとその子はまた病院に戻らなきゃいけなくて……俺はそれが、やるせなくてさ。しかも、ドラグーンは最後、ヒーローなのに死んじゃって……」

「知っている。子ども番組のヒーローが最後に死ぬとは何事だと、テレビ局にクレームが山ほど届いたそうだな」

「その通り。でも、その後は？　どうなったのか知ってるか？」

「……いや、知らない」

　そっか、と頷き、勝は微笑み、言葉を続けた。

「ドラグーンの役をやっていた主演俳優の、岡村慎二《おかむらしんじ》さんが、事務所のブログでメッセージを発信したんだよ。当時まだ十四歳くらいだったのに、しっかりしたものを。

『ぼくの大切な友達、ドラグーンのことを心配してくださってありがとうございます。ドラグーンは今、天国で戦い続けているところです。皆さんの前からは消えてしまいましたが、まだ戦い続けている彼を、どうか応援してあげてください』って」

「よく覚えているものだな」

「プロファイリングしてる誰かさんに言われたくない」

　勝は軽く笑い飛ばしつつ、昔のことを振り返り、苦く笑った。

「でも……俺はまだその時、かなり小さかったから、俳優さんのメッセージの理由とか、よくわからなかったんだよな。母親や父親に『これどういうこと？』ってたくさん質問してうんざりされて、しまいには『ファンレターでも書きな』って言われて」

「書いたのか」

「書いたよ。ファンレターっていうより、質問状みたいなものだったと思うけど」

勝は苦笑し、鼻の頭をかいた。

二藤勝がドラグーン宛に書いた手紙は、岡村慎二の事務所に無事に届けられたようだった。何故なら投函から二か月後、返事が届いたからである。

「『こんにちは、勝くん。ドラグーンを応援してくれてありがとう。ぼくはこの一年、ずっとドラグーンの傍にいた友達でした。だから彼がいなくなってしまったことが、君と同じように悲しくてなりません。でもどうか、彼の気高い戦いを忘れないでください。ぼくも彼のことを一生忘れません。岡村慎二』。直筆だよ。事務所の印刷物じゃなかった」

「本当によく覚えているな」

「百回以上読めば誰でも覚える。手紙をもらった時、まずびっくりして、その後俺は泣いたよ。俺と同じようにドラグーンのことを大事に思ってくれている人がいることが嬉しかった。悲しいのは俺だけじゃないんだと思えた。でも、それだけじゃなくて」

勝は言葉を続けた。

「十年後、そろそろ中学も卒業するって頃、びっくりすることがわかってさ」

「『びっくりすること』？」

　勝は頷いた。

「全員に書いてたんだ。岡村慎二さんは、ドラグーンに手紙をくれた子ども全員に、直筆の手紙で返事をしていたんだよ。何百、何千通も」

「何故それがわかった」

「テレビ番組の特集。『あの人は今どうしてる？　岡村慎二特集』って」

　テレビドキュメンタリーは、岡村慎二のデビュー作である『病床の騎士ドラグーン』にスポットを当て、当時の岡村の多忙さと、おびただしい数のファンレターへの返事について特集していた。岡村慎二が返事をしたのは、ドラグーンの視聴者だけではなかった。それからも彼に宛てて届いた手紙には、全て直筆で返事をしたためていた。

「岡村さんはテレビから小舞台の方に活動範囲を移していて、昔みたいに主役は務めていないけど、ずっと俳優を続けていてさ。番組は岡村さんにインタビューをしたんだ。『どうしてそこまでするんですか？』って」

「それは、手紙のことか」

「それもあるけど、きっと『どうして役者を続けているんですか』って意味もあったと思う」

ドラグーンの姿から十年分、年を取った岡村慎二は答えた。

「『愛しているから』」

勝は語った。カイトはただ、静かに耳を傾けていた。

「『僕と特別な友達になってくれた、全ての存在を』――つまりこれは『自分の演じた役の全てを』ってことだぞ。それを『愛しているから』。続きもある。『僕が俳優でいる限り、かつて彼らの姿を身近に感じたり、応援したりしてくれた人々は、きっと彼らのことを忘れない。僕は自分が大した役者だとは思っていない。それでも、僕の特別な友達のことを、思い起こしてくれる人々が少しでもいるのなら、僕は役者を続けたい』」

「…………風変わりな回答だな」

「うん。今考えるとそうかもしれない」

勝にもカイトの言うことはわかった。大半の役者は、これから自分の演じる役を愛してもらいたがるものである。そうでなければ未来のキャリアを築くことができない。

だが岡村慎二の言葉は、後ろ向きというよりも。

ひたすらに、自分の演じた役を愛してくれた人々に向けられていた。

何千通ものファンレターに返事をした理由を問われても、岡村慎二は同じ回答をしていた。

「その時、俺は、どうして役者って存在があるのか……そういう人たちが必要なのか……ちょっとだけわかった気がした」

それがどれほど凄くて、尊いものなのかも。

勝がそう続けるのを、カイトは静かに聴いていた。

「人が願うからだよ。本当はそこにいない人たちでも、『もしその人がいたら素敵だな』って思った瞬間、その『友達』が、心の中に本当に現れるからだよ。役者はそういう存在を、画面のむこうや、舞台の上で、ちょっとの間現実にすることができる。人の願いとか、思いとか、叶わなかった夢とか、役者になれば、そういう形のないものになれるんだよ。そう思ったんだ。すごいことだよな。本当にすごいよ。そういう中で生きたいと思った。今も思ってる……話が長くなってごめん」

勝は一度はなをすすり、カイトに向き直った。

まっすぐに自分を見ているカイトに、勝もまっすぐな眼差しを向けた。

「『大成してくれ』って言葉のために、俺は今ここにいるわけじゃない。俺は役者として生きたい。その気持ちは今でも変わらない。だからここにいる」

カイトはしばらく、黙り込んでいた。言葉を咀嚼しているのだと、勝にはわかった。稽古場では見せない、やわらかな表情の気配に、勝は少しとまどった。

カイトは小さな声で、勝の言葉に答えた。

「わかった」

「…………」

勝は唇をかみしめた。それはそれとしてお前は降板だと言われてもおかしくない局面かもしれなかった。覚悟を決めているうち、再びカイトが口を開いた。

「さっきの言葉」

「え？」

「『どうしたらいいのかわからなくなる』。そんなこと、僕だって同じだし、いつもそうだ。どうしたらいいのかなんて全然わからない」

「……いや、それは、ないだろ。演出家なんだから」

「演出プランは自分の中にあるさ。でも『どうしたらいいのか？』は、もっと大きな問いだ。そもそも『いい』とは何だ。同じシチュエーションで出てきそうな言葉を英語にするなら、『ホワットキャナイドゥー？』になるのだろうが、それは『自分には何ができるだろう』という意味だ。日本語の『どうしたらいい？』とはニュアンスが違う。そもそも『いい』を決めるのは誰なんだ。勝」

「…………」

「誰なんだ」

「……………未来の俺……かな」

「未来のお前にはどうやって質問すればいい。どうやってその成否を確かめる」

「そんなことできるわけないだろ」

「その通りだ。お前は解けることのない問いを抱えて悩んでいるんだよ。そういうのは時間の無駄だ。『どうしたらいい?』ではなく、『ホワットキャナイドゥー?』の方にしろ。『何ができるだろう?』で考えるんだ。できる範囲の中にしか、お前に見つかる答えはない」

石清水は激流になり、勝の心臓を押し流しそうになった。必死で流されないよう心の中にしがみついていても無駄だった。カイトの言葉は勝を現実に引き戻してしまった。ただし優しく、『百』と『勝』をスイッチするように、音もなく。

勝はため息をつき、左右の頬に一発ずつ、自分でびんたを見舞った。気合を入れたい時の、高校の剣道部時代から同じやり方だった。ぎょっとしたらしく、カイトが少し距離を置いたのがおかしかった。

「な、なんだ」

「気合注入。ありがとな、カイト。すぐ稽古場に戻る」

「……よかった。そのままバスに乗っていくつもりだったら、僕も同行しなければと思っていた」

「いや、そんな」

「稽古は佐藤さんに任せてあるから、ある程度は大丈夫だろう」

副演出の佐藤は、昼食の前にいつも胃薬を飲んでいた。ただでさえ胃弱の彼女に、更に心労を強いるような真似をしてしまったことを、勝は遅ればせながら悔いた。

「俺、走って戻る」

「僕はコンビニでジュースを買っていくよ。差し入れがあってもいいタイミングだろう」

「………カイト、本当にごめん。ありがとう」

「もういいから。芝居をしてこい」

「わかった」

台本を握りしめ、勝はもと来た道を走り出した。

その後ろで、カメラを構えた人間もまた、稽古場の方向へと去っていった。


「………何だこれ」

翌日の稽古場は荒れていた。

スポーツ新聞を持ってきたのは、輪島と仲のよいアンサンブルの神崎《かんざき》だった。駅のキオスクで見つけたという。大リーグで活躍する野球選手の情報が一面に、裏面には芸能情報が載っていた。

テレビ番組表にほど近い、人目に留まりやすい記事には、巨大なゴシック体で、『鏡谷カイト』の名前が躍っていた。

「『鏡谷カイト（24）、高校時代のいじめ復讐?!　二藤勝（24）に公道で土下座強要』」

「『強要か』、ですよ。最後に『か』ってついてます」

「読めないいくらい小さくだろうが！」

怒りを爆発させるアンサンブルの東《あずま》とは対照的に、カイトは静かな顔をしていた。カイトは稽古場では携帯端末の電源を切っている。もし今スイッチをいれたらどれほどの騒ぎになるのかと、勝は冷たくなったままの頭で静かに考えていた。勝も今はスイッチを切っていた。新聞記事の情報をマネージャーに急いで伝えた後、即『電源を切ってください』と言われた通りの行動だった。連絡は副演出の佐藤経由で行う段取りである。

記事の内容は、昨日の勝とカイトのバス停でのやり取りを記録し、恣意的にねじまげたものであるようだった。

記者によれば、鏡谷カイトは高校時代にいじめを受けており、今回のキャスティングはその一員であった二藤勝に復讐するためのものであったという。関係者筋の話として掲載されているのは、『某芸能プロダクション関係者』という人間の話で、「本来であれば二藤勝が主演になるはずはなかったのに、鏡谷カイトがどうしてもというのはおかしいと思っていた」と語っていた。

鏡谷カイトの二藤勝『いびり』は常軌を逸しており、二藤勝は誰よりも早く稽古にくることを強要され、また帰る時間も誰よりも遅いという。

「田山さんは？」

「遅刻するって連絡がありました」

「輪島さんも？」

「いえ、輪島さんからは連絡がなくて」

緊迫した顔の佐藤が、そういう動きをするロボットのように、右手のスマホを確認した時、稽古場の扉が開いた。

「……………」

姿を現したのは輪島だった。

眠っていないのか、目の下に濃い隈があり、足取りはホラー映画のゾンビのようにおぼつかない。アルバイト疲れにしては、尋常ではない様子だった。

全員の視線が集中した瞬間、輪島はおびえた表情を見せた。

ガタン、と音を立てて、稽古場の誰かが立ち上がった。

「やあ。話があるんだけどいい？」

ぬらりと立ち上がったのは天王寺だった。輪島は一瞬びくりとしたが、その場にとどまっていた。

天王寺はにこやかに微笑みながら、輪島に問いかけた。

「昨日、勝ちゃんを追いかけてカイトくんが出ていったあと、『コンビニに行く』って長い間外してたよね。その時君、何買ったの？」

「…………どうしてっ今、いきなり、そんなことっ……」

「急に気になって」

天王寺の纏う空気は『爬虫類系男子』ではなく、獲物を丸のみにしようとするコブラだった。丸のみにされてしまう恐怖におびえるネズミのように、輪島は身をすくませていた。

十秒ほど、黙り込んだ後、輪島は膝から稽古場に崩れ落ちた。

「すみませんでした。こんなことになるなんて思わなくて。面白い話になるかと思って、話題になったら宣伝になるかと思って」

「お金もらった？」

「もらいました、すみません、もらいました」

「よかったねえ、お小遣いになって」

「本当にすみませんでした」

「……つまり、輪島さんが勝さんとカイトさんを追いかけていって、隠れてあの写真を撮って、スポーツ新聞に売ったってことですか」

佐藤副演出の悲痛な言葉は、稽古場の全員の思いを代弁していた。

昨日の勝のように平身低頭した輪島は、すみません、すみませんと言いながら泣いていた。うんざりした顔の天王寺はきびすを返し、まだ呆然としている勝の隣に腰かけ、肩を抱いた。

「大丈夫？」

「……はい」

「勝ちゃんも不注意だったね。人目のあるところで不用意に土下座なんてするとバズるよって、マネージャーさんに言われなかった？」

「そ、それは、言われなかったです……」

「まあ普通、土下座はしないか」

「売られたのが写真だけだったのは不幸中の幸いだな。動画だったら拡散力も桁違いだっただろう」

他人事のように静かな言葉は、鏡谷カイトその人の言葉だった。

稽古場の誰も、カイトには何も尋ねられなかった。

何も。

高校時代のいじめの内容についても、スポーツ新聞は詳細に書いていた。トイレに閉じ込められて上から水をかけられたことも、体育の授業の着替えで下着を盗まれて、半裸で学校を歩かされたことも書かれていた。勝はその全てが真実であることを知っていた。あの時勝と同じ状況にいた誰かが、あらかじめスポーツ新聞に情報を売っていたとしか思えなかった。しかし有名人が過去いじめられていたというネタだけでは、ありがちで弱い。

それが、今回の勝の土下座事件によって『生きて』しまった。

天王寺は勝の隣から立ち上がり、カイトに正対した。肩を抱くどころか近づこうともしない態度に、勝は天王寺の誠実さを見た。何が一番相手にとって安らぐ行為なのか、天王寺は既に悟っているようだった。

「今日の稽古はどうしますか、カイトさん」

「もちろん予定通りに続ける。一幕十一場のおさらいと、二幕あたまの入りから」

「我らが『神猿大王』、今日もちゃんと現場に来られるかな」

ちゃかしながら案じるような天王寺の言葉に応えるように、稽古場に女性が飛び込んできた。一階の作業スペースで、キャストの服をつくっている衣装スタッフである。

裏方の彼女は、まるで役者のように叫んだ。

「鏡谷さん、大変です。この稽古場で練習をしてることがばれました。一階の作業スペースの前の駐車場に、記者とか、野次馬とか」

勝は既に真っ白だった頭の中に、もう一度白ペンキをぶちまけられたような気がした。カイトと勝は呆然としたままで、輪島は変わらず泣いている。反応できたのは佐藤副演出だけだった。

「どこの記者が来ているんですか」

「わかりません。十人じゃないです。もっとたくさんいます」

「……プロデューサーさんは、今日は？」

「昨日連絡があって、ご実家のほうの忌引だって……」

最悪のタイミングの強襲だった。

何も考えられないまま、勝はふらふらと立ち上がった。

「……俺が」

「対応するつもり？　やめときな、勝ちゃん。あの人たちは自分たちの書きたいことを聞き出すプロだ。言ってもないことを適当にでっちあげられる」

「でも、俺のせいなんです。俺があの場所で、あんなことしなかったら」

「勝」

名前を呼ばれ、勝は振り返った。

いつもと同じ、稽古場の中央のパイプ椅子から、カイトは勝を見ていた。

「忘れたのか。昨日話したこと」

「…………」

「『どうしたらいい？』じゃない。『ホワットキャナイドゥー？』だ」

「……ホワットキャナイドゥー」

「お前は今、何もしなくていい。僕が行く」

一瞬の静寂の後、稽古場の中は「いやあ」「やめろ」「それは」「駄目だ」などの怒号が飛び交った。

鏡谷カイトはその全ての声を正面から受け、かつ受け流して、何度か小刻みに頷いてから、また同じことを告げた。

「僕が行く。説明しなければならないだろう」

「おもちゃにされるよ」

「戯曲家なんて最初から観客のおもちゃみたいなものでは？」

天王寺の声は鋭かったが、カイトの声はそれ以上に冷たかった。

勝が立ち上がると、カイトは何も言わずに手の平を見せた。

「駄目だ」

「俺も」

「来るな」

「一緒に」

「駄目だ。お前はいないほうがいい」

「でもこれは！」

「お前のせいだと思うなら、ここで少しでも熱心に稽古に励め。昨日もお前はつまらないことでタイムロスをしている。この芝居の主役はお前なんだぞ。それが周囲の雑音に気を取られてどうする。僕の戯曲のことだけ考えていろ」

「本当に行くのか！」

高校時代のことを、根掘り葉掘り聞かれに行くのかと。

勝が眼差しで問いかけると、カイトは少し困った表情を浮かべ、その後、微妙な顔をした。笑っているつもりのようだった。

「……どうせいつかはこうなると思っていた」

膝から崩れ落ちている輪島の横を素通りして、カイトは稽古場を出ていった。止めてくださいと佐藤副演出が叫んだが、稽古場の誰も動けなかった。止めても無駄だとわかっていたようだった。

追いかけようとする勝の服を、天王寺が後ろからつかんだ。

「はなしてくださいっ」

「勝ちゃん、冷静に考えよう。君とカイトが一緒に出ていくのが一番まずい」

「どうして」

「新聞の中では、君とカイトの間に過去から続く因縁があるように書かれてる。その二人が並んで、それぞれ仏頂面しているところが写真に収まったら、その物語にすごい説得力が生まれそうだろ」

「じゃ、じゃあ、肩を組みます！」

「『それもカイトさんが強要した段取りですか』って言われたら？」

稽古場にシクシクという泣き声が聞こえ始めた。

稽古場の奥、横倒しに立てかけられた山台の脇で、ひびきがうずくまり、泣いていた。

ひびきに駆け寄った勝は、小さな体をまるごと包み込むように抱きしめた。

「ひびき、怖かったよな。ごめん。俺のせいなんだ」

「…………何でこんなことになっちゃったんですか。カイトさんは勝さんをいじめてなんかいないです。絶対違います」

「そうだよ、カイトは悪いことなんか何もしてない」

「……カイトさん、昔いじめられていたんですか」

ひびきの質問に、勝は答えを忘れた。

返答を得る前に、ひびきは再び喋り始めた。

「僕もそうでした。二年生の時、ＣＭの仕事が決まって、何度も学校を休んだら、クラスの子がみんな僕のことを嫌いになってました。何でそんなことになったのか全然わかりません。でも嫌われてました。誰も口をきいてくれませんでした。すごくつらくて、つらくて、さいごは、お母さんに頼んで転校させてもらいました。でも……転校した先で、『前の学校でいじめられてたから転校してきました』なんて、そんなこと絶対言えない………」

ひびきの声は小さかったが、静まり返った稽古場によく響いた。

嗚咽の音と共に、小さな俳優は途切れ途切れに喋った。

「……なんでそんなこと、新聞に書くんですか。ひどいです。僕、記者の人に怒りたいです。僕だったら、そんなこと、新聞なんかに書かれたら、死んじゃいたくなります。そんなことするのは、駄目なことです。僕も、勝さんと一緒に、怒りにいきたいです。カイトさん、すごく優しい人なんですよって、言いたいです。演技のこと、いっぱい教えてくれるし、お菓子くれるし、宿題、みてくれるし……ひどいことしないでください！　って、大きい声で言いたいです。それで、それで……」

「うん、うん」

泣き崩れてしまったひびきの体を、勝は力いっぱい抱きしめた。ひびきの身長は百四十三センチで、百八十五センチの勝の腰か、その少し上までしかなかった。こんなに小さな子どもにもわかることが、金と仕事のためならわからなくなってしまうのが、人間という生き物であるようだった。人の嫌がることはやめましょうというお題目はあれど、嫌がることが金になり、物見高い、あるいは退屈している人々を満足させるとなれば、そんなきれいごとは吹き飛んでしまう。

胸の奥にいる誰かが、そんなのはおかしいと叫んでいた。

勝の持つ、もう一つのチャンネルの主『百』は、顔をぐちゃぐちゃにして泣きながら叫んでいた。

カイトを、おいらのおとっつぁんを助けておくれ――と。

助けてくれという人間がいるならば、勝のすることは一つだけだった。

立ち上がった勝は、ひびきの体をそっと離し、稽古場の椅子に座らせた。

「俺、やっぱり行きます」

「勝ちゃん」

「大丈夫です。俺、考えがあって」

「二藤さん、お願いですからじっとしていてください。マネージャーさんに私が怒られます」

「佐藤さんには絶対そういうことがないようにしますから」

「第一出ていったとしてもどうやって」

　ガチャリと音がしたのはその時だった。

　一同の視線が向いた先には、赤ら顔の老俳優が立っていた。

「一体全体どうしたんだよ、下の騒ぎは」

　勝の脳裏に一計が浮かんだのは、ぼんやりとした猫背の俳優と、目が合った時だった。


　カイトが駐車場に姿を現した瞬間、無数のフラッシュが焚かれた。カイトが顔を覆うと、追い打ちをかけるように更に光が炸裂した。

「鏡谷さん！」

「鏡谷さん！　二藤さんはいらっしゃらないんですか！」

「鏡谷さん、土下座の件について謝罪はありますか！」

「鏡谷カイトさん！」

「蒲田海斗さん！」

　カイトは何も言わず、記者たちの顔を眺めた。興奮した動物のような顔つきが、カイトの胸を素通りしていった。どうして人間というものは、こうして一人ぼっちの人間を、よってたかって食い物にするのが好きなのだろうと思うと、昔のことが頭をよぎっていった。

記者たちの質問の全てを聞き流し、カイトは腹から息を吸った。

そして大声で、叫ぶように言った。

「これだけは、申し上げておきたいことがあります！」

囲みの人々がしんとした。

押しつぶされそうな空気の中、カイトは声を張り上げた。

「二藤勝は僕をいじめていません」

囲みは再び、しんとした。

カイトは言葉を続けた。

「高等学校において、僕がいじめのような行為を受けていたことは事実です。ですが勝は、一度もそこに加わったことはありません。それは事実無根にして、僕と共に仕事をしてくれている素晴らしい俳優への、いわれなき中傷です。それだけははっきりと申し上げておきたい」

静寂は、ほんの一、二秒しか続かなかった。怒号のような質問が、再びカイトに襲い掛かった。

「いやあんたそれはないでしょ」

「あの土下座はどう説明するんですか。何の弁解もないんですか」

「時代錯誤だと思いますが、演出家だからどこで何をしてもいいって考えていらっしゃるんですか」

「二藤勝のファンクラブの過激なメッセージがインターネット上に流布していますがご覧になりましたか？　今後それらを訴える予定はありますか？」

ひとつとしてまともに答えさせるつもりのない質問の山を、カイトは正面から受け、受け流していた。まるで激流の中央に存在する岩のように、全ての流れを顔に受けながら、動くこともかなわず立ち尽くしていた。

「鏡谷カイトさん！」

「蒲田海斗さん！」

己の名前を呼ぶ声が、どこか遠くから聞こえるような錯覚に陥りかけた、その時。

「ア、鏡谷カイト！　鏡谷ァ、カイトォ！」

テンテンテン、テンテンテン、という音は、太鼓の音色だった。

ぽかんとするカイトと、音に気付いた報道陣が、囲みを少し緩めたところに、それはやってきた。

真っ白な粉を顔にぬりたくった田山紺戸、天王寺司、そして二藤勝。

明らかに画用紙でつくられ、セロテープでとめられた水色の裃《かみしも》。目元は歌舞伎役者のように、黒と赤で縁取られていた。小さな太鼓を叩いているのは、子役俳優のひびきである。同じく顔は白かった。のっしのっしと、いかにも芝居がかった、浄瑠璃人形のような足取りで、囲みへむかって歩いてくる。

気が付いた記者たちは、カイトの囲みをさらに緩め、奇妙な一団にカメラやスマートフォンを向けた。

「いやあいやあこれなる皆さま、このたびは『百夜之夢』、実技お披露目の場にお越しくださいまして、ア、まことにィありがとうございまするー」

「ありがとうございまするー」

勝の言葉に天王寺と田山が唱和し、テンテンテンテンとひびきが激しく太鼓を叩いた。

あっけにとられている記者たちはまだ何も言えないでいる。

ことの次第がわからないカイトを背中にかばうように、ちんどん屋のような一団は、ずずいと記者たちに体を近づけていった。

最初に口上を述べ始めたのは田山だった。

「やあやあこれなるは、鏡谷カイト率いる『百夜之夢』一座にございます。我々の舞台にまつわるお披露目の場にお運びいただき、まことに、まことにありがたく存じ奉りまする。これなるは田山紺戸、『神猿大王』の役を鏡谷カイトよりたまわりし、一介の俳優にござぁい」

　天王寺が続いた。

「これなるは天王寺司、『野武士・我愉原』の役をたまわりし、しがなき役者でございまする」

　次はひびきだった。

「こーれーなーるーはー、雨宮ひびきー、『稚児・森若』の役をたまわりしー、ジュニア俳優でごーざーいーまーすー」

　ソプラノで歌うように張り上げた声に、囲みの中からは笑い声があがり、応えるようにテケテケテケテケテケとひびきは太鼓を鳴らした。

　最後が勝だった。取材陣の目が一斉に光る。

「いずれさまのご尊顔を拝しまして恐悦至極に存じまする。これなるは、姓は二藤、名は勝、鏡谷カイトによって『百』の役をたまわりし、浮世に名を流すアクション俳優でございますゥ。そも、鏡谷カイトと某《それがし》の縁は、都立中川高等学校に始まりしものなれば、塞翁が馬、いかなる巡り合わせか、この新たな地にて再び縁が交わりしこと、僥倖、僥倖」

「二藤さん、鏡谷さんをいじめていたというのは本当ですか」

「お客人、この場ではどうぞ『掛け声』を。たとえばこんな塩梅《あんばい》に。――二藤屋！」

ブルドッグのような田山紺戸の掛け声が、空気を読まない質問を押し返した。

ヒッと呻いて後ずさりした記者の前に、勝がずいと体を乗り出した。

「さて此度の『百』襲名披露におきまして、某二藤勝が申し上げたき由はただ一つ、この身にあまる過分な大役、ふたつの肩に背負いし定め、ともに歩む役者仲間と、他の誰より鏡谷カイト、その人の温情あってこそのものと心得ておりまする。この大役、この大恩、全身全霊にうちこむことで、ご覧くださる皆々さまに、ア、少しでもお返しできるよう、奮励してまいる所存でございまする！」

二藤屋、二藤屋、という掛け声が、田山と天王寺の両方から飛んだ。

タイミングを見計らい、勝は地面に膝をつき、正座した。

「鏡谷カイト新作、『百夜之夢』、本年十月から公演開始でございますが、素晴らしき演劇となることをお約束申し上げます。つきましては、皆々さまにィ、衷心から、衷心からぁ、応援いただけるよう、ア、お願い申し上げ、奉りますぅ！」

そうして勝は、報道陣と野次馬の前で両腕を上げ、大げさにのけぞり。

ばったりと倒れ込むように。

土下座した。

嵐のようなフラッシュ音が続く。

二藤屋、二藤屋、という掛け声と共に、ひびきがテンテンテンテンと激しく太鼓を叩いていた。拍手の音のような太鼓に促されるまま、パチパチという音が囲みから聞こえてくる。二藤さーん、二藤さーん、という若い女性の声は、インタビューを求める記者ではなく、ただのファンのものであるようだった。

テンテン、テンテンテンと、調子を変えた太鼓の音に促され、勝はゆっくりと顔を上げ、最後にもう一度深々と頭を下げた。またフラッシュが焚かれた。そしておもむろに立ち上がり、頭を下げたまま後ずさりした。階段から走り下りてきたスタッフが、やってきた記者全員に、ご祝儀のように『百夜之夢』のビラを配る。

勝と天王寺、田山とひびきは、鏡谷カイトを回収すると、太鼓の音に合わせて、悠然と階段を上り、稽古場へと消えていった。

「あーっ、寿命が縮んだ！」

勝は稽古場の床に倒れ込んだ。メイク担当の男性が、すかさず歩み寄って顔面にタオルをあてる。急にぬりたくった白いおしろいを落とさなければならなかった。

「……何をやってるんだ、お前は」

呆然とした顔のまま、カイトは喋った。

勝は笑って答えた。

「『襲名披露』だよ。歌舞伎では何代目襲名披露、みたいに定期的にやるんだって」

「文言を考えてくれたのは、梨園出身の田山御大ですよ、鏡谷先生」

軽口を叩く口調の天王寺は、青い顔のカイトに微笑みかけた。カイトがげんなりした顔をすると、天王寺は面白そうに笑った。

「いやあ、肝が冷えた。勝ちゃんもよく覚えたね」

「最後の方、アドリブにさせてもらいました。台詞が飛んじゃって」

稽古場には田山の筆跡で何かが書かれたコピー用紙が散乱していた。『襲名披露』という文字だけが、かろうじて人間の読める筆跡で、あとはみみずがのたくったような黒い筋である。隣に勝の筆跡で『清書』した跡があった。

「…………どうして」

呟くように問いかけたカイトを、勝はじっと見た。強い目だった。

「原因は俺が道端で土下座したことだろ。俺の土下座が珍しかったからニュースになったんだ。だから、『あれは何かの練習だったのかな』って思わせたくて。俺は役者だから。道端で稽古をしてたのかなって思ってもらえたら、それで終わるんじゃないかと思ったんだ」

「…………………」

「あ、顔を塗るのとか、時代劇っぽい衣装とかは、作業してたスタッフの人たちに手伝ってもらったんだ。みんなすごいよ、運動会の競技みたいな速さで作ってくれた」

「………みんな仕事のできる人ばかりだからな」

「みんなカイトが好きなんだよ」

「は？」

「『は？』じゃないだろ」

勝は立ち上がり、カイトに抱き着いた。ぎょっとして体を硬直させるカイトの背中に、勝は強く腕を回した。

「……下で何を話してるのかと思ったら、何で『僕はいじめてない』って言わないんだよ。『勝は僕をいじめてない』って、一番大事なのはそっちじゃないだろ。ほんともう……お前何なんだよ。びっくりしたよ。何なんだよ……」

「大事なことだろう」

「優先順位があるだろって言ってるんだよ！」

「僕は間違っていない」

変に意固地になっているカイトを、勝はもう一度ぎゅっと抱きしめ、背中をばしばしと叩いた後、腕を離した。

頃合いを見計らっていたように、稽古場にスタッフの女性が顔を出し、プロデューサーと連絡がつき対処してくれていること、稽古場に押しかけていた記者たちが帰ったことを伝えた。そうか、と短く言うと、カイトはすんとはなをすすった。

「…………騒がせてしまった。では、稽古の再開を」

「礼の一つもなしかよ」

田山紺戸の声はふざけていた。本当に礼を言ってほしいわけではないことくらい、勝にもわかっていた。そもそも勝は『とりあえず俺が下に行って土下座の練習をしてくる』と提案したのだったが、それでは信憑性がないからと、『襲名披露』の案を出してくれたのが彼だった。

田山は休みがちだったが、新聞を見せ、カイトが稽古場で勝をいじめているという内容を把握すると、くしゃみのような大音声で笑った。

「俺の時代にゃ、演出家は気に食わない役者に灰皿を投げたもんだがな。それでも『いじめ』なんていうやつぁいなかったよ。駄目だしもされなくなったら役者は終わりだ」

何十年前の話ですかと、天王寺が控え目にツッコミをいれたところで、田山は猛然と襲名披露の原稿を書き始め、勝は書き終わる前に清書し、暗記を始めた。その間に天王寺は一階でパニックになっているスタッフたちに、裃とドーランの準備をさせ、ひびきは稽古場に転がっていた太鼓を叩くと一人決意していた。

全ての段取りが、十五分足らずのうちに行われていた。

勝はその十五分間に、芝居に関わる人間の魂のきらめきを――矜持を感じた。

それを呼び起こしたのは、他ならぬカイトである。

その人間が自分を主役に抜擢してくれたことが、改めて勝は、たまらなく尊いことに思えた。

カイトは田山に向き直り、少しにらむような、はにかむような、何とも言えない微妙な表情を作ると、ぐっとズボンの膝をつかんで引き上げた。

そして膝をつき、頭を稽古場の床にうちつけた。

「ありがとうございました！」

「おいおい」

「おかげで芝居が潰れずにすむ。本当にありがとうございました！」

カイトの声は大きかった。稽古場いっぱいに声が響き渡った。

きっちり三秒間頭を下げた後、カイトは何事もなかったように立ち上がり、膝と額をはたいた。

「……スタッフにもお礼を言ってくる」

「俺も行く」

「いらない。お前は台本を読んでいろ」

カイトは一階の作業スペースに向かおうとし。

その前に稽古場の外、廊下に座り込んでいる人間に目を留め、稽古場の中から声をかけた。

「輪島」

アンサンブルの輪島は、四本脚の獣のように這いつくばって稽古場に入ってくると、敷居のすぐそばで座り込み、消え入るような声で謝罪した。

「……申し訳ありませんでした。こんな騒ぎになるなんて……」

そして頭を下げた。昨日今日で何回の土下座があっただろう、とのんびり勝が考えていた時。

「『申し訳ありませんでした』じゃないですよ、輪島さん！」

ばしんという音が響いた。稽古場の壁を叩いた音である。

声を荒らげているのは、輪島と仲が良いはずの、アンサンブルの神崎だった。

「……これだから現場で『輪島は体のキレはいいけど信用できない』とか『不真面目だ』とか言われるんですよ。輪島さんだってずっと飲み屋で『薄給でも真面目に仕事していればいいことがある』って言ってたのに、何やってんスか！　意味わかんないですよ。何で盗撮とか写真売るとかしてるんですか。おかしいんじゃないですか！　信用が第一の現場なのに、もうこれから先誰も輪島さんに仕事なんか依頼しなくなりますよ！　スキャンダル売って得る金なんて微々たるもんでしょうが！　どうするんですか！」

頭を上げた輪島はボロ雑巾のような表情をしていた。泣きはらした目元が赤く変色し、まつげとまゆげが奇妙な方向にのたうっている。顔色は白いところと赤いところがまだらで、ひどい二日酔いにでも苦しんでいるようだった。

詰め寄らんばかりの勢いの神崎の前に、すっと誰かが割り込んだ。

他でもないカイトだった。

「輪島」

名前を呼ばれた輪島は、背中をびくりと震わせた。蹴られることを怖がる犬のように、うずくまったまま再び顔を伏せている。

カイトは気にせずそのまま喋った。

「プランを変える。君の役どころはアンサンブルというより、準プリンシパル級のキャストにした方が面白くなる。百の配下の人間として戦ってもらうシーンが多いが、最終局面では我愉原の陣に寝返っているという形にしよう。出番は変わらないが、その葛藤を表現してもらいたい」

「…………くびじゃ、ないんですか」

「まさか。君という人間の面白さがわかった。舞台のこやしにさせてもらう」

呆然とする輪島を眺めながら、天王寺は皮肉っぽく笑っていた。

「そういうやりかたもあるんだね。灰皿を投げられるよりきついかも」

「芝居がきついのは当たり前のことです。しかし各人によって演技のレンジは限られている。輪島はシンプルな演技がしたいのかと思っていたが、もっと深みのあることができる人だった。そういう人が座組の中にいてくれたことはラッキーだ。是非やってみてほしい」

勝にはカイトの言葉が信じられなかった。輪島もそれは同じらしく、目玉が落ち着きなく動いている。

「………申し訳ありませんでした」

「僕に謝るなら勝にも謝れ。それから今後稽古に一度でも遅刻したら、そこで終わりだ。演出プランが変更になった以上、これからもっと働いてもらうからな」

「わかりました」

輪島の言葉を聞くと、カイトは無言で一階へと去っていった。頭を下げたポーズから、さらに力が抜けたのか、輪島は稽古場に倒れ伏し、それを神崎が抱き起こすように支え、立たせた。

「こんな現場滅多にないですよ。これに懲りたらお金の使い方、一緒に考えましょ。俺心配なんですよ。あればあるだけ使っちゃうとか。金がないならないなりに、節約術の勉強しましょうよ」

「……神崎、ごめん。ほんとごめん」

「その前に謝る人がいるでしょうが！」

神崎に立たされ、輪島はよろよろと歩いた。勝が距離を詰めると、再び膝をついて頭を下げた。

「……二藤さん、本当に申し訳ありませんでした」

「もうあんなことしないでくれたら、それでいいですよ」

「…………………」

ありがとうございます、と輪島は消え入るような声で告げ、神崎と揃ってもう一度勝に頭を下げた。

ちょうどその頃、階下のスタッフ部屋から、カイトの大音声と、スタッフたちのどよめきが聞こえてきた。上でも下でも誰かが土下座をしたのかと思うと、勝は少しおかしくなった。

そしてその後、すうっと、胸が冷たくなったような気がした。

過去に自分がいじめられていたことをメディアで公表され、あまつさえ自分がいびってもいない相手に嫌がらせをしたという汚名を着せられ、仕事場までマスコミに押しかけられる羽目になったというのに、ろくに表情も動かさず、動揺した姿も見せず。

何より怒った様子を微塵も見せない。

短絡的な思考で、情報を売った輪島にさえ。

できた人間、というよりも、奇妙な動物のようだった。

勝はあらためて、蒲田海斗という男の底知れなさを思った。高校時代、ひとりいじめに真っ向勝負を挑んでいた頃から、カイトは胆力の化け物のような人間だった。大人になった今でもそれは変わらず、どこかで拍車がかかったようにも見える。

完全に一人で全てのことができてしまう、スーパーマンのような精神だと思った。

その男が今、演劇に全てを注ぎ込んでいる。

何かがあったのだろう、と勝は思った。高校時代から今日に至るまでのどこかに、演劇に全てを捧げようとカイトに決意をさせる、何かが。

それが鏡谷カイトという戯曲家にとって、かけがえのない美質であることは疑いようがなかった。

だが果たして、『蒲田海斗』という人間にとって、それは本当によいことであるのかどうか、勝には判断できなかった。

4

稽古の開始から一週間。全ての場の読み合わせが二周し、立ち稽古、つまり舞台のどの場所にいつ立つのか、上手と下手どちらにハケてゆくのかなどの段取りを明確にする稽古が本格化した後、稽古場に新たなスタッフたちが姿を現した。

顔合わせ以来、初めて現れた小柄な男性とその部下たちは、殺陣指導の専門家集団だった。

「こんにちは。殺陣つけ専門の会社を運営しております。代表取締役、千条《せんじょう》サトツです。スポーツチャンバラの講師や、時代劇俳優の育成なんかも請け負ってます。どうぞよろしく！」

サーファーのように全身まんべんなく日焼けし、脱色した肩までの髪を、ハーフアップの髷にしている千条は、勝のことを知っていた。ぶんぶんと大きく手を動かす握手の後、アクション講師はにっかりと笑った。

「オーシャンブルー！」

「え？　ええっと」

「あれは最高でしたね。日曜日の朝に放送してる作品の中で、あそこまで本格的に役者にアクションをさせた作品はないんじゃないかな。仲間内でも評判でしたよ。子どもだけのものにしておくのは勿体ないって」

「ありがとうございます……」

「でも今回の芝居ではオーシャンブルーを超えさせますよ。『二藤勝が一番かっこいいのはこれ！』って言われるような、最強の殺陣を考えますから」

一緒に頑張りましょう、と。

手を差し出された時、勝は胸の奥がほっと温かくなったような気がした。

千条に限らず、稽古場の人々は、勝にあれをやれ、何時までにこうせよ等の、わかりやすい指示はくれなかった。もうオーシャンブルー役に挑んだ時のような子どもではないのだという恐れもありつつ、勝はそれが嬉しかった。何より今までずっと敬遠していた、大好きな芝居に携われることが嬉しかった。もちろんそれだけに、再びのアクションに、本格的に携わることへの恐怖もまた、大きくなっていた。

その恐怖を、どこかで快く感じている自分に、勝は驚いていた。

どうすればいい、ではなく、何ができるのか《ホワットキャナイドゥー》。

カイトから教わった言葉を、胸の中で繰り返すうち、勝は何故かカイトに励まされているような気がしてきた。

正解は、ない。でも『できること』はある。

恐れることは構わない、恐れながらでも、『できること』はある。

勝はそれがどこか、生きることそのもののように思われた。

立ち稽古と殺陣稽古、それぞれ役者ごとの時間割を決めたカイトと千条は、二手に分かれて役者をしごきはじめた。どちらにせよ最も出番が多いのは『百』つまり勝である。

本当に、台詞の暗記は『最低限』だったのだと、勝は徐々に悟り始めていた。

稽古の開始から既に一週間が経過している。あと三週間で、今自分たちが取っ組み合っている芝居を、殺陣を、その他もろもろの全てのことを、八千円前後のチケット代金を払って観に来る観客の、眼鏡にかなうものにしなければならない。やり直しなしの舞台を。それも何度も。

勝は全身全霊で殺陣の練習に挑んだ。

こっちに動いて、こう避けて、などの指示を、千条は全てキレのよい実演で示すため、勝にとっては覚えやすく、動きやすかった。高校時代の剣道部で言う所の『見《けん》』の稽古と同じで、見て覚えればよいのである。実際に舞台で振り回すのと同じ重さだという握りのついた棒は、勝の経験に合わせてか、竹刀とほぼ同じ重さだった。とはいえ。

「みんな忘れてないと思うけど、百たちが握ってるのは、錆びたり傷んだりした真剣ばっかりだからね！　ほぼ鈍器！　鈍器だと思って振ってくださーい！」

千条の指摘はもっともで、勝たちの殺陣には、今までなかった『重さ』が追加された。実際に刀を重くして事故が起こっては元も子もないので、実際に加わるのは『重さ』の演技である。

他のキャストたち同様、勝もベストを尽くした。

「やあ！」

「その通りっ、こっちへもう一撃！」

「うおお！」

「よしっ。はいバックステップして、尻もちをつく！」

「うわあ！　――こういう感じですか」

「OK！　やっぱり筋がいいね」

「あの、この『やあ』とか『うおお』は、台詞には入ってないんですけど」

「アドリブだね。そのあたりはカイトさんと相談してみてよ。声を出した方が動きがダイナミックになりやすいから、僕としてはいいと思うし。全部録画してるから、後でチェックしてくれるはずだよ」

「よければその録画、俺にも回してもらえませんか」

「もちろんそのつもりだったよ。自主練したいだろ」

「はい！」

頷いた勝は、そのまま次々と千条の振り付けた殺陣を覚えていった。もともと体を動かすのは得意であったし、この舞台に挑むにあたって、七月から九月までの間に集中的に行った個人トレーニングの剣道と居合、そして筋肉増強も実を結び始めている。

初めて努力を披露する場所を与えられたことが、勝は嬉しかった。

ただ時々、どうしても、目の前にいるのが千条やアンサンブルではなく、ユキである気がして、動きが止まってしまうことがある。

「どうした、勝？」

「……すみません。もう一回お願いします」

「あいよー」

だがそういう時には、勝はごまかさず、謝罪して、アクションを続けることを覚えた。

稽古を止めてしまうものは、止めてしまうものとして。

それにこだわって、自爆するような真似が一番迷惑をかける。

ましてやバス停の前まで逃げて土下座騒動を引き起こした時のようなことは二度と

ごめんである。

千条も何かを察してか、あるいは細かいことを気にしない性質なのか、深く尋ねようとはしなかった。

一幕一場から始まる、野武士との戦いやこぜりあい、神猿大王との戦いなど、百としての行動を、勝は少しずつ体に叩き込んでいった。輪島や神崎ほかのアンサンブルは、スポーツ新聞の件があって以降、鬼気迫る勢いで仕事に挑んでおり、勝との稽古にも熱をいれていた。『誰よりも勝が格好よく見えるように』という千条の方針通り、勝のために体を酷使し、斬りかかってくる時には何度も飛び跳ねたし、倒れる時にはダイナミックに倒れた。恐らくはそれが、最もカイトの望みにかなうことだと信じて。

「…………」

稽古場の空気は良好だった。神猿大王こと田山も、勝に『襲名披露』の口上を授けて以来、真面目に顔を出すようになっている。

この調子ならば、あと三週間でも問題なくできあがるかもしれないと。

勝はそう思っていたが。

「どうした、それで終わりか！」

「まだまだーッ！」

「はい、そこで我愉原、袈裟懸けに斬り下ろす！　百は、第一撃をかわしてー、大丈夫だよ今はゆっくり動いていいからね、第二撃もかわしてー、そう、そのまま斬りかかる！」

「甘いな、百姓あがり！　で、俺はここで右腕を振るんですよね」

「そう、素早くビュッと、無造作に見えるように！　それが百の胸に当たり、ダメージ！」

「うわーっ！」

「いいよいいよ！　百、そのまま後ずさりしてうずくまる！　でも手は刀を離さないっ！」

「この野郎……ッ！　許さない、お前は絶対に許さないからな！」

「ははは！　やってみるがいい、俺という男の運命を、貴様風情に変えられるものか！」

「……はいカット、そこまでー！　いいね、いいね。超かっこいいね。じゃあ僕はこのあとアンサンブルを見る割り当てになってるから、二人は休憩で」

「はいよ、先生」

「お疲れさまです」

千条が第二の稽古場として使われている廊下に出てゆくと、勝と天王寺は顔を見合わせた。勝は手にやわらかいウレタンを巻いた練習刀を持ったまま、天王寺にじゃれかかった。相撲の取り組みを受けて立つ力士のように、天王寺は勝をいなした。

「天王寺さんッ！　スポーツやってたでしょう、何やってたんですか」

「当ててみな、勝ちゃん」

「剣道じゃないのはわかります。体さばきが全然違う。フットワークと、体幹がすごいから……テニスとか？　バドミントン？　いや、陸上競技！」

「全部はずれー」

「うう一悔しい」

天王寺の殺陣の才能は並外れていた。

勝は最初、天王寺の悪役抜擢の理由は、ドラマでも映画でも売れているということだと思っていたが、それだけではなかった。出し入れ自在な剣呑な空気と、大河ドラマで披露したという殺陣こそが、天王寺の最大の武器だった。

剣道部の勝が知っているのは、縦横十メートルほどの四角い空間で、竹刀を用いて戦う方法だったが、天王寺が知っているのは『自分を魅力的に見せながら、はりぼての刀を本物に見せつつ戦う方法』だった。つまり勝が体得すべき技能だった。

「……それこそ、スポーツチャンバラ？」

「やったことない」

「正解を教えてくださいよ」

「俺の得意種目はね、『深夜の道路工事』」

「え？」

「スポーツじゃないよ」

まあバイト歴が長いから、と天王寺は笑った。そしてあっけらかんと、右腕に力こぶを作ってみせた。

「屋外ステージの足場組みとか、得意だよ。任せて」

「天王寺さんが……？」

「土木施工管理技士の資格も持ってるよ」

二級だけど、と言う天王寺が、道路工事をしている姿を勝は想像した。汗を垂らして重いパイプや木材を運搬する天王寺。あまりにもセクシーで周囲の人間は仕事にならないのではないかという奇妙な感慨が湧いてきたが、ジョークではないのは確かだった。

「仕事がない時の役者は、無職だからね。いろいろやったよ」

「………俺、実家が鮮魚店なんです。バイトって言っても、そこでさせてもらってたくらいで……大したことは」

「運も実力のうちだよ。いいおうちに生まれて勝ちゃんはラッキーだ。それにしても勝ちゃんが魚屋さんでアルバイトねえ。グラビアになりそうだな」

「エプロンつけて長靴で、グラビアですか？　コントみたいですよ」

「本気、本気。最近は『働く男特集』なんてのもあるんだよ」

脱力して笑い始めた勝に、天王寺はつられて笑った。

「そういう仕事やってこなかったの？」

「……前にやらせてもらった役が、子ども向けヒーローだったので、契約期間中はそういう仕事は受けないって約束でした」

「なるほどね。これから増えるぞ」

「仕事が増えて、芝居の宣伝になるなら何でも嬉しいです。俺、今自分がやってることと、すごく好きなので」

天王寺は黙った。勝は言葉を重ねた。

「本当に好きなので。今、俺、かなり幸せです」

「……よかったな」

「はい」

「そういう風に言えることに出会えるまでに、どれだけの時間がかかるのかは、人によって千差万別だ。勝ちゃんはまだ二十四だろ。すごく早い。よかったな」

「…………天王寺さんは、芝居をしてる時、幸せですか？」

「幸せだよ。でも同時に怖くなることもある」

「何が？」

「『俺はいつまでここにいられるんだろう』って」

稽古場の中に、ふと沈黙が満ちた。台詞合わせをしている田山とカイトも、偶然黙り込んでいる。

「天使が通ったね」

「え？」

「こういう瞬間を、確か『天使が通り過ぎた』って言うんだよ。示し合わせたわけでもないのに、みんなが一瞬黙り込むこと」

「…………なんか、いいですね。天使って」

「勝ちゃんは天使みたいな子だな」

「ええっ、何ですかそれ」

「芝居の申し子ってことさ。そしてカイトくんも、俺にはそんな風に見えるね」

天王寺はどこか遠くを見るような目をしていたが、勝が首をかしげると、いつもの不敵でセクシーな顔で、にやりと笑った。

「まあでも、おじさんにはおじさんの売りがありますからね。ねたまずひがまず、地道にやっていきましょう」

「逆ですよ。明らかに立場が逆ですって。俺が天王寺さんをうらやんでるんですよ」

「そのうち君にもわかるさ。ところでいい加減『司さん』でいいよ」

勝がかたまると、天王寺はもう一度、つかささん、と繰り返した。いつか誰かを口説きたくなった時、こういうテクニックが使えるかもしれないなと思いながら、勝は天王寺の名前を呼んだ。

「……司さん、あの、一つお願いがあるんです。もしよければ、稽古の後で一緒に」

「殺陣のトレーニングしよう。もちろんだよ。だって一番の見せ場だよ、俺たちの殺陣は」

「……ですよね！」

「それに今のままじゃ、君が俺の添え物になっちゃう。それじゃ俺がきちんと自分の役を果たせない」

一瞬、勝は言葉に詰まった。

ざっくりと胸を抉《えぐ》るような言葉だったが、事実だった。

勝は天王寺の顔を正面から見ながら、頷いた。

「……ですね」

「それだよ。勝ちゃん、今『この野郎』って本気で思わなかった？」

「え？　何でですか？」

「うーん、これは演技指導とか演出の話になると思うから、俺の口からは話しにくいけど」

勝ちゃんはすごくいい子だからなあと。

天王寺はぼやくように笑い、くしゃくしゃと勝の頭を撫でた。

「わ、何ですか」

「気にしないでいいよ。でも勝ちゃん、頼むよ」

そう言うと天王寺は、そっと勝の耳に顔を寄せ。

「ちゃんと俺のこと殺すんだよ」

と、ぞっとするような深い声で告げた。

驚いたものの、勝は何とか気を取り直し、胸の前で握りこぶしを作った。

「はい！　頑張ります！」

「なーんか調子が削がれるな……そこが君のすごいところなんだけど」

「え？」

「お互い頑張ろう。じゃあとりあえず、カイトくんの手があくまで、自主トレいっとく？」

「いっときましょう！」

そうして勝と天王寺は、再び不倶戴天《ふぐたいてん》の敵、百と我愉原に戻り、ウレタン巻きの刀で殺し合いを始めた。

二度目の事件が起こったのは、稽古を初めてちょうど十日目のことだった。

勝と天王寺の連日の居残り稽古も珍しくなくなった頃、いつかの出来事を思い出させるような足取りで、一階のスタッフが再び階段を駆け上がってきた。

「テレビ局みたいな取材が来ています。鏡谷カイトさんにって」

「『みたいな』？　そんな予定はない」

「でも、下に」

困惑した顔のスタッフは、カイトの顔を見ていた。カイトはすぐに端末の電源をいれ、プロデューサーに電話をかけ始めた。

「稽古場、替えてもらえなかったのは痛かったな」

「代わりのスペースが見つからなかったらしいですから……」

天王寺の言葉に、勝は小声で答えた。輪島はカイトからの演技面での指導を受け、また台本に一言台詞を追加されたこともありはりきっていたが、自分がカイトを『売った』ことからはまだ回復できておらず、時折びくりとして一言もしゃべらなくなる。それを見越していたように芝居をつけるカイトの冷徹さに、勝は恐れ入るばかりだった。

プロデューサーに繋がったらしく、カイトは端末で喋り始めた。

沈黙に満ちた稽古場という空間は、一種異様なものだった。剣戟の音や台詞の練習の声で、あちこちうるさく音が反響しているのが通常の空間である。これは『不安なシーン』の演出だなと、勝はどこかまだ劇の世界の中にいるような気分で考えた。

カイトの電話が終わった。プロデューサーは駆け付けられないので、無視し続けてほしいという。ただしすぐに会社の別の人員を派遣し、正式に追い返すようにすると。それしかないであろう戦法だった。

その後すぐ、別のスタッフの女性が現れ、困った口調で告げた。

「テレビの取材じゃないみたいです」

「どういうこと？」

天王寺の声に、「動画配信者みたいです」とスタッフの女性は続けた。勝は脱力しそうになった。大規模動画配信サイトで活動している個人事業主のようなもので、面白い動画をアップすることで収益を得ている、ある意味での役者のような人々のことだった。事務所などには所属していない場合が多く、いわゆる『炎上』状態になった場合の責任も、一手に引き受けなければならない。

「『稽古場が近所らしいから見に来ちゃった』とか、そういう突撃配信かな」

「迷惑だ」

カイトの声は厳しかったが、無関心だった。天王寺は肩をすくめていた。最近は我愉原の無邪気な残虐さが、稽古が終わっても抜けずにいるらしく、獰猛な獣のような目つきをすることが多い。

「スタッフの誰かが外に出てきてくれたら儲けもの、キャストの誰かを引きずりだせたらラッキー、くらいの気持ちで来たんだろ。無視、無視」

神崎の言葉を受け、一同は再び稽古に没入し始めた。

しかし三十分後。

「かいとー、かいとおー、おれがわるかったよー。おれたちがわるかったー」

奇怪な声が聞こえ始めた。

耳をすませば聞こえる、程度の声ではなく、稽古場で誰かが台詞を読んでいてもはっきりと聞こえる大声で、誰かが謝罪をしていた。

カイト、すまなかった、悪かった、と。

ひびきはぎゅっと顔をしかめた。

「何ですか、あれ」

「うーん、妖怪かな」

「……一応、通報した方がいい感じですかね」

「当たり前だろうが。こういう時には警察だ」

田山の言葉に佐藤副演出は素早く携帯を取り出し、一一〇番に連絡をいれた。

かいとー、かいとー、わるかったよー、と。

泣き妖怪のような男の声はさらに続いた。

勝はハッと気づいた。

「………陣内《じんない》だ」

「え？」

「陣内清《きよし》。あの声」

勝の言葉に、カイトは目を見張った。

陣内清。

高校の応援団副団長をつとめていた男で、自称『曲がったことが大嫌い』、未だ『海斗』以外の名前のなかった時分のカイトをいじめ、トイレに閉じ込めホースで水をかけていた張本人だった。わはははという笑い声がさわやかで、どこまでもさわやかで、いかなる対象を笑っている時にも一律同じ声なので、勝はその声が苦手だった。

その声が、稽古場の外から叫んでいた。

カイトは動揺を表に出さないようにしていた。あるいは単純に、カイトは思ったことを顔に出すのが苦手なのかもしれなかった。

だが、何も言わずにただ立ち尽くしている様子からは、抑えきれない動揺の色が見て取れた。

かいとー、かいとー、わるかったよー、と。

声はまだ続く。やめてくださいという男性スタッフの声が聞こえ始めたので、一階の誰かが制止に入ったようだった。だがしばらく静かになったかと思うと、また奇妙な声が聞こえ始める。きりがなかった。

「警察って通報から十五分以内に来るもんじゃないの」

ギラギラした瞳を持て余している天王寺が、舌打ちせんばかりの口調で呟いた。十五分はとうに経っている。警察はまだ来ない。

勝は立ち上がった。

「俺が行く。やめさせる」

「やめな、勝ちゃん。『配信大成功』になるだけだ」

「チャンネル見つかりました。これです」

佐藤副演出が見つけ出したのは『八年越しの謝罪・鏡谷カイトにごめんなさい』というタイトルのライブ配信だった。配信アカウント名は『きよし』。陣内清に間違いなさそうだった。

同じ配信者は、他にも何本か動画を投稿していた。

「…………………」

ブレた画像がサムネイルになっている動画は、高校生の日常生活を撮影したものであるようだった。今のスマートフォンよりも、撮影機材の性能が悪いようで、画質も悪い。動画にはタイトルがない。投稿日は昨日。それにしてはかなりの再生回数が表示されていた。

勝には高校生たちの制服に見覚えがあった。

サムネイルの中の絵が少し動き、のたのたと歩く半裸の少年の姿が映し出された。

カイトである。

「…………！」

勝は手で口を塞ぎ、画面をスクロールして見えないようにした。吐きそうな気分だった。

脇から覗き込んでいたカイトが、強く歯を食いしばったのが勝にはわかった。

「どうしてこんな動画！」

「俺には動画の時代のことはわからんが、何を考えてるんだ、この馬鹿は」

「これを流して炎上したから『謝罪』に来たんじゃないのか」

「救いようのない馬鹿だ」

田山の声が勝には空疎に響いた。配信者が愚かであっても天才であっても、一度世に流れた動画が消えないことは、今どき小学校でも教えられることである。

一体何を考えているのか、まるで理解できなかった。

ウー、ウー、というサイレンの音が聞こえてきたのはその時だった。そこの人、そこの人、という拡声器で増幅された警察官の声が道路に響き渡っている。かいとー、かいとー、という声は小さくなり、徐々に聞こえなくなった。

サイレンの音が聞こえなくなった後には、声は消えた。

陣内清は去ったようだった。

「………」

勝は深呼吸した。全てをなかったことにして、再び稽古に集中したかった。が、無理だった。動画に何が映っているのかと考えると、見たくないのに確認したくて、恐ろしくて仕方がなかった。

騒ぎが収まっても、カイトは立ち尽くしたままだった。

「カイト」

「………少し疲れた」

勝が声をかけると、カイトは小さく呟き、稽古場を後にした。「休憩」とも言わず、指示も出さず。今まで一度もなかったことだった。

勝は思わず後を追っていた。

稽古場を抜け、下り階段ではなく、行き止まりの物置の空間に続く方向に、カイトはずんずんと歩いていた。稽古場の三階はデッドスペースになっており、階段はあるものの、中ほどの踊り場まで、古い家具が山積みになっていて通れない。

埃をかぶった机や椅子にふさがれた、三階へと続く階段の踊り場の前に、カイトは立ち尽くしていた。

勝は少しずつ階段を上り、近づいた。

「……カイト」

声をかけても、カイトは振り向かなかった。

勝は沈黙に耐え切れず、もう一度声をかけた。

「カイト、ごめん」

「……何が？」

カイトは振り向かずに呟いた。勝は泣きそうな気持ちで言葉を重ねた。

「お前のこと助けられなかった」

言葉を口にした瞬間、勝は巨大な後悔の念を浴びた。残虐ないじめを受けていたことを知りながら、何もしなかった相手に対して、『助けられなかった』と告げることは、いじめの動画を全世界に向けて配信しておきながら、『すまなかった』と外から叫ぶ行為と、一体どこが違うのかと。

卑怯であることに変わりはないと、勝は下唇を噛み、うつむいた。

「…………ごめん」

もう一度謝罪したとき、衝撃が来た。

鏡谷カイトが、ローテンションな脚本家が、勝の胸倉を掴んで、揺さぶっていた。

「謝るなよ」

「うわ、うわ」

「謝るなよ！　謝るな！　よりによって君が！　謝るなよ！」

勝は階段から落ちそうになり、寸前で気づいたカイトに引き寄せられ、階段の踊り場に手をつき、ことなきを得た。

埃だらけの階段に四つん這いになりながら、勝はカイトを見上げた。

カイトは顔を真っ赤にし、眼鏡の奥の瞳に涙を浮かべていた。

「……君は、全然、わかってないんだな！」

「わかってるよ。俺、生徒会長だったのに、お前がいじめられてるの知ってたのに、何もできなかった。同じだよ、いじめてたやつらと同じだ。『二藤勝はいじめてない』って、お前は言ってくれたけど、嘘だよ。俺だっていじめてたのと同じだ」

「違う！」

カイトの声は激しかった。

声で頬を殴打されたような気持ちになり、勝は呆然とした。

カイトは涙を流していた。眼鏡の奥でわだかまっていた透明な液体の盛り上がりが、土気色の頬を無音で流れていった。一筋。二筋。

「本当に何もわかってない。君がいなかったら僕は死んでたよ。君がいたから生きていられたのに。本当にまるでわかってないんだな」

「え……？」

「二藤勝は！　僕をいじめてなんかいない！　君は僕のこと、ずっと助けようとしてくれたじゃないか！　何度も、何度でも！　それは『いじめる』とは、全然違うんだ！　それが伝わってなかったとでも思うのか！　間違ったことを思い込むな。それは欺瞞《ぎまん》だ。僕は君に誇ってほしい。『いじめなかった』って、胸を張ってほしいんだよ！」

　勝は這いつくばったまま、目を見張っていることしかできなかった。泣きながら声を荒らげるカイトが、一体何を言っているのか、勝にはまるでわからなかった。

　思い起こせば、蒲田海斗のいじめのきっかけになったのは教師の一言だった。

　当時から社交的ではなく、成績は良好だったものの仏頂面でぼそぼそと話す海斗は、さわやかな挨拶と円滑な人間関係さえあれば何事もうまくいくと思っている教師には受けが悪かった。

　高校一年生の三学期の終わるころ、テスト返しの際、海斗は教師から発破を掛けられた。

『成績はいいんだから、お前はもっと明るくなって、友達をいっぱい作れよ。そうすれば高校生活はもっと楽しくなるぞ』と。

海斗は無表情に教師を見返し、静かに言った。

それは僕が決めることで、あなたが決めることではないですよね——と。

着任からの短期間で、学校に馴染もうと努力していた、やや不器用な教師への一言は、教室の空気を険悪にした。

『けんか』が始まったのはそれからだった。高校二年生になったばかりの春から、海斗を無視する集団が現れた。好ましくないあだ名で呼ぶ集団も現れた。トイレに閉じ込めて水を浴びせる人間も出てきた。動画をとってコミュニティの中で回し、笑い合う人間も出た。

だが海斗は一度も、教員に相談しようとはしなかった。

そのかわりに、仏頂面で相手を睨みつけ、日常生活ではなかなか耳にすることのない独創的な言葉で軽蔑した。下劣だな。幼稚だな。低級な知性だな。品性を母親の中に置き去りにしてきたのか、などなど。次第に海斗の校内でのポジションは、『好んで嫌われたがっている変わり者』に変化していった。

これはいじめてもいい存在だと、学校中が認識するまでに、それほど時間はかからなかった。

次第に海斗はストレス解消のサンドバッグとして重宝されるようになった。物理的な暴力を受けることこそ少なかったものの、どれほど『殴られても』へこたれない、不屈の精神を持つサンドバッグとして。独創的で面白い言葉で言い返してくるが、手を上げてくることはない。誰の助けも求めない。校内に『いじめ』は存在しなかった。ほとんど全校生徒と『けんか』をしている海斗を除けば。

こんなことはおかしいと、勝以外にも思っている生徒はいるはずだった。だが声を上げるのは困難だった。少なくとも継続的には。

教員にせよ、勝にせよ、助けに入ろうとする人間を、ほかならぬ海斗が凄まじい形相で睨むためである。

お前は僕をいじめられっこにするつもりか——と。

何度目かの『けんかの仲裁』に入った時、勝は眼差しでそう告げられた気がした。生徒会長だった勝は、婉曲に『いじめのない学校』という目標を掲げる方法を取ろうかとも思ったが、結局できなかった。それはすなわち『いじめられてなどいない』『けんかをしているだけ』という姿勢を崩さない海斗のプライドを砕きかねなかった。

その後も、海斗の『けんか』——いじめの状態は、消えるどころかエスカレートするばかりだった。

教育委員会に相談すればよかったのだと、今の勝にはわかった。より強い力を持っている組織に談判すれば、状況はきっと変わったはずだった。

地獄のような一年と少しを過ごした後、三年生の夏休み前に、蒲田海斗は転校していった。

結局のところ、勝は蒲田海斗が受けていたいじめを傍観していただけだった。

何と愚かな真似をしたのかと、ことあるごとに思い出す、後悔の念ばかりの記憶だった。

それなのに。

当のカイトに胸を張れなどと言われても、見当違いであるとしか思えなかった。

あろうことか『君がいなければ死んでいた』など。

まるで意味がわからなかった。

勝が事情を尋ねようと口を開く前に、カイトは極限まで素早い手つきで眼鏡をはずすと、手の甲で涙と鼻水をぬぐい、サッと元あった場所に眼鏡を戻した。

「……コンビニに行く。稽古に戻れ」

立ち上がり、スタスタと去ってゆくカイトを、勝は呆然と見送った。

トラブルはありつつ、何事もなかったように稽古は進んだ。時間は待ってくれない。

稽古場にやってくる途中目に入る、早朝営業の雑誌スタンドで、勝は自分やカイトが表紙の演劇雑誌を見かけた。何種類もあった。稽古場で取材に応じた成果である。

夜中に少しだけ目にするニュースの中、街頭映像に『百夜之夢』の広告が映り込んでいることがあった。勝の頭の中はまだ七月か八月ごろのままだったが、世界は着実に動いていた。

本番まであと二週間。否応なしに楽しみなムードは高まってゆき。

自分のいじめ報道に関して、カイトは何も言おうとしなかった。

「やあー！」

「来いや！」

パン、と台本を叩く音がして、芝居がストップした。

「勝、その『やあー』は百じゃない。勝だ。もう一回」

「はい。——ヤアーッ！」

「まだ可愛い」

「『可愛い』か」

カイトの駄目だしに田山が笑った。神猿大王の出番はほぼ一幕で終わり、二幕ではおまけのようなものだったが、その印象は抜群だった。もともと幼いころから剣戟の練習を受けていたエリートの出身である。田山の動きにはいわゆる『華』があり、時折アンサンブルの神崎にコツを伝授しており、カイトもそれを黙認していた。

数々の苦難、とまとめるには生々しい出来事を経て、『百夜之夢』の一座は、ひとつの家族のようなまとまりを持ち始めていた。

いい加減だがいざという時には威厳を発揮する田山が、祖父。

飄々としているがいざとなれば頼れる父親、天王寺。

年の離れた兄貴分がアンサンブルの輪島、神崎。

少し怖くて近寄りがたいがしっかり者の、年の近い兄が、カイト。

可愛らしくていつもみんなを元気にしてくれる、年の離れた弟が、ひびき。

そして家の周辺を固めてくれている、数々のスタッフ。

彼らの中央に自分の場所がある贅沢を、勝は全身で享受しながら、得難い時間を慈しんでいた。本番のために努力をし続けている一方で、いつまでもこの時間が終わらないでほしいという、甘い郷愁の先取りのような気持ちもあった。

動画事件のことを、カイトは何事もなかったように無視していた。あるいはつとめて、気にしないようにしていた。大本の動画が削除されたという話は勝もマネージャーから聞いていたが、それ以上の情報は耳に入れないようにした。

仮縫いの終わった衣装を身に着けて、勝は天王寺との最終決戦の稽古に取り組んでいた。

ひびき演じる森若を、一幕十場で斬って捨てた、天王寺演じる我愉原との対決。

芝居が最も盛り上がる部分だった。

カイトは眼鏡のブリッジをおしあげ、鼻の付け根を指でもみほぐしてから、改めて勝を見た。

「この場面の持つ意味はわかっているだろう。百は人を殺しながら、人を愛した時のことを思い出している。そこにあるのはフレッシュさというよりも、むしろ怖気の走るような生々しさだ。そういう気持ちが伝わる声を出してほしい」

「了解です」

勝は右手を喉元にあて、ぐりぐりと押し潰すように動かした。声を潰すという経験はなかったが、戦いを経てきた百は、既に戦いの中で幾つもの傷を負っている場面である。精神だけではなく肉体も近づきたかった。

「ぁあああ！」

「来いやァ！」

勝が声を振り絞り、天王寺に斬りかかった時、再びカイトは芝居を止めた。

しばらくカイトは黙っていた。

何を言おうとしているのだろうと、勝はカイトの目を見つめ返したが、眼鏡の奥の瞳は何も語っていなかった。少なくとも勝には何を言っているのかわからない瞳だった。

十秒と少しの間、黙ってから、カイトは軽く頷き喋り始めた。

「さっきに比べればいい。やはり勝は動きがついた方が生き生きする」

「ありがとうございます」

「ではそのまま」

その後、勝は天王寺との稽古を続け、見事に天王寺の我愉原を斬り倒すところまで演じ切った。本番ではより激しい立ち回りの中で台詞を口にし、かつ決まったタイミングで『死』に、暗転したら舞台袖へハケてゆかなければならない。考え、覚えることがいろいろあり、いまだその全てが頭に定着しているわけではなかった。

カイトは一度の通しで稽古を打ち切り、十分休憩を宣言した。

剣戟用の刀を置き、稽古場に座った勝は、ふと。

隣に誰かがしゃがんだことに気づいた。

「勝ちゃん」

「司さん、おつかれさまです」

「おつかれ。ねえ、ちょっとおいで」

「え？」

「二人でお話しよ。えへへ」

秘密をうちあけたがる幼稚園児のように、天王寺は笑っていた。

勝は苦笑いしながら、稽古場の外の廊下についていった。最近は居残り稽古も少なくなってきて、稽古明けに居酒屋で軽く飲むのが楽しい日々である。今日飲みに行くかどうか聞かれるのかな、と思いながら、勝はのんびり天王寺の背中を追いかけただが。

廊下にスタッフがいないことを確認すると、天王寺のはにかみ笑いは消え、代わりに何の表情もない顔が現れた。白い顔に、勝は畏怖を覚えた。

天王寺は冷たい鬼の顔をしていた。

「お前、俺のこと殺したいと思ってないだろ」

「…………」

蛇に睨まれた蛙、という言葉の意味を、勝は初めて理解した。

天王寺は怒りの表情を浮かべていた。無論芸達者な役者である。本心はどうあれ、少なくとも「俺は怒っているのだ」という気持ちを勝に伝える演技をしていた。役者にとってそれは、真実怒っていることと同義だった。

絶句する勝の前で、天王寺は言葉を続けた。

「『みんなで芝居ができて楽しい』って思ってるだろ」

「…………」

「それ捨てろ」

冷たい声に、勝はまだ動揺していた。

天王寺は容赦なく言葉を続けた。

「わかってるんだろうな。芝居は、俺たちのためのものじゃない。お客さんのためのものなんだよ。ここで俺たちが感じてる幸せは、コース料理のコースですらない『おまけ』なんだ。『まかない』みたいなもんなんだよ。金を払って俺たちのコースを食べてくれる人たちに出す主菜じゃない。『まかない』でうまいものを食べることに夢中になって、客に出す料理がおろそかになるんじゃ、料理人はくびだよな。役者はどうなる。勝、役者はどうなると思う」

勝ちゃん、と天王寺は呼ばなかった。おそるおそる、勝は言葉を絞り出した。

「……仕事を、失います」

「それどころじゃない」

「…………」

「お客を満足させられないかもしれないんだよ」

天王寺は地獄の底から汲みだしてきたような声で喋った。勝は一歩後ずさりした。目の前の人間が口から火を噴きそうな気がした。

天王寺はガラス玉のようにぎょろりとした瞳に、温度のない激情を滲ませていた。

「俺たちは役者だ。そうだよな。役者は何のために生きてるんだ？　勝、何のために生きてるんだ」

「……演技を、するため」

「じゃあお前はコンクリートの壁の前でも演技ができれば満足か」

「お客さんに、演技を、見てもらって……楽しんでもらうため、です！」

天王寺は頷いた。瞳は未だ笑っていなかった。

「俺はそれを『満腹にすること』って呼んでる」

「……満腹」

「レストランでいうなら、お腹いっぱい食べさせてやること。うまい料理を出して、『ああおいしかった』って店を出てもらうことだよ」

「………………」

「まかり間違っても『シェフの顔がよかった』はだめだ。俺たちは年を取る。そこをきっかけにファンになってもらったとしても、顔は一過性だ。飽きられる。何より『顔がよくて、何かいいものを持ってる』役者に簡単にとってかわられる。満腹にしてやれなくなる」

勝はがくがくと頷いた。天王寺の言葉は、掛け値なしの本音だった。飲み屋で楽しく語られる「お客さん楽しんでくれるかな」「楽しんでくれるといいな」などという、小さな祈りのような言葉とは違う、炎のような温度を持った言葉だった。

「舞台の上で何をしようが演技が大根だろうが、お前の格好よかったり可愛かったりする姿を見に来てくれる、忠義にあついお客さんは満足してくれるかもしれないよ。だがそれで満足してくれるのは、上澄みのそのまた上澄みみたいな層だけだ。俺たちを見に来てくれる人間の大部分は『ちょっと時間があったから来た』とか『友達に誘われた』とか、『会社でチケットが安く配られていたから』とか、そういう俺たちには何の興味もない人なんだよ。その人たちを、俺たちは夢の世界に連れて行って、一時間三十分、この世のものとも思われないような魔法の時間を過ごしてもらって、また現実に戻ってもらう。その魔法をかける大魔法使いに、俺たちはならなくちゃならないんだよ。それでもまだ『まかない』のうまさに気を取られるつもりか。お前はもっと大きくて、深くて、幸せな世界に従事する特権を得ているのに、知らんぷりをするつもりか」

勝は視界がぐるぐる回っているような気がした。頭を殴られるような衝撃が、何度も何度も続いていた。

頭を冷やそうとするように、天王寺は一度額に手をやり、足元に視線をうつした後、小さくため息をついた。

「わかってるだろ」

「…………」

「簡単なことだよ」

「…………はい」

「でもまあ、稽古場が楽しいっていうのは、最高だよな。それはわかる。田山御大は『灰皿を投げられた』なんて昔話をしてたが、俺の初めての現場は、『無』だったよ。俺のことなんか演出は全然気にしてくれなかった。一行台詞の役者が大勢いる、三十人くらいの所帯の舞台だったからな。好きにやってくださいよ、って感じだった。だから好きにやった。誰も見てないとしても俺はやるぞって開き直っててな。でも結局その時は報われなかった。それでもギャラがもらえたから、まだましだったが、楽しいも何もなかった」

「…………でも、俺は、俺自身が楽しい思いをするためだけに、役者をしてるんじゃないです」

「そういうこと。楽しい思いをするのは大事だよ。その楽しさがお客さんに伝わるからな。でも自分だけが楽しい思いをするんじゃ、勿体ないだろって話」

「わかってます」

「ならよかった。あ、これパワハラ？　パワハラになる？」

「なりませんよ。大丈夫ですよ。俺、司さんに死ぬほど感謝してるんです」

「ありがとね。でも正直今は『死ぬほど感謝』より『てめえぶっ殺す』がほしいよ」

勝は一歩、天王寺から距離を置いた。そして顔中の筋肉という筋肉をつまみ、ほぐし、その『顔』を作った。

殺意の表情だった。

憎悪と怨嗟を込めた表情を、可能な限りしらじらとしたテンションで浮かべて見せた勝は、一言、天王寺に告げた。

「ぶっ殺します」

ありがとうございます、と。

心からの思いを込めて、勝は宣言した。

天王寺は軽く首を傾げ、にやりと笑うと、ぽんと勝の肩を叩いた。

「そうこなくちゃね」

低く呟いた天王寺——我愉原は、勝が今まで目にしたどの人間よりも、舌なめずりをする蛇にそっくりで、血なまぐさくて、ぞっとするほど妖艶だった。

5

稽古場での日々は、嵐のように過ぎていった。スタッフたちの大道具や小道具、衣装の製作もいよいよ大詰めになり、演技やアクション指導などの俳優中心の事柄の間に、こまごまとした道具合わせや衣装合わせの時間が必要になった。田山の着用する神猿大王の衣装は、スタッフの意欲により何度も作り直され、そのたび金襴緞子《きんらんどんす》の豪華さが増し、『大王』の感が増していった。しかしどの役者の衣装も共通して、決して重くはなく、そうとはわからないように、ホックやマジックテープで簡単に着脱ができるようになっている。何度か衣装替えがある、百を始めとしたキャストの服は、造形美と着脱の速さの両立を目指した美術品のようだった。アンサンブルたち、最も激しい動きをするメンバーの衣服は、衣服というよりも、ボロ布とゴムを組み合わせた甲冑で、勝は一度袖を通させてもらい、公演中にSNSで公開する予定の『役者たちのおどけた写真』特集の一枚を撮影した。

頭から終わりまで、一時間半全力で走り続けるような通し稽古が連日のルーチンになったのは、本番に差し掛かる十日前のことだった。既に勝は全ての役者の台詞を暗記していた。覚えようと思ったことは一度もなかったが、何週間も同じ台詞を何度も何度も耳にしていれば、覚えずにいるほうが困難だった。学校が忙しくなってきたとのことで、ひびきはあまり稽古場に顔を出さなくなった。田山も再びのさぼり癖を発揮したのか、いたりいなかったりがまちまちになった。それでも。

稽古場にまつわる全ての人々が、ただ一つの目的のために躍動していた。

芝居を成功させたい。

『百夜之夢』という作品を、お客さんに楽しんでほしい。

ただそれだけのために働く有機体になったように、人々は動き続けた。

勝にはそれがどこか、『夢』を『現《うつつ》』に移し替える、途方もない作業のように思えた。

「百ちゃん、どんどんかっこよくしますからね。最初は可愛いんですけど、最後は怖いくらいかっこいいんです。そういうダイナミズムを衣装で表現したいんです」

衣装部の長、酒井《さかい》はな枝《え》は、百の衣装に文字通り命を懸けていた。そして勝の体を何度も何度も採寸し、直近の採寸の後、何故か笑い始めた。

「勝さん、信じられないかもしれませんけど、稽古が始まった頃と今で、腕まわりの太さ、ちょっと変わってますよ。腿も違いますね」

「えっ」

「太くなってます」

「筋トレしすぎたかなあ……」

「あれだけ稽古してまだ筋トレしてたんですか！」

勝は苦笑いした。毎日飛んだり跳ねたりするアンサンブルでなくとも、舞台の上で肉体を酷使する以上、筋肉や柔軟性は全ての役者の必須装備のようなものである。毎日の稽古の前に、全員で入念なストレッチをするのもそのためだった。勝はそれに加えて、ブランクがあった間に落ちた体力を取り戻そうと、睡眠時間を削らない範囲でトレーニングにつとめていたが、どうやらそれが体に出てしまったようだった。

大道具が仕上がってくると、今までテープのバミリで表現していた『段差』『二階』などの空間が稽古場に存在するようになり、芝居の動きも少しずつ変化した。稽古場は貸し切りになっているので、芝居が終わるたびに撤収作業をする必要もない。輪島や神崎は、他の稽古場で連日、大道具を運んだり片付けたりを繰り返し、筋肉痛になっているとのことで、『百夜之夢』の現場をしきりとありがたがっていた。

「カイト、このシーン、今までと同じペースで読んでると移動に間に合わない。巻きでいいか」

「駄目だ。途端に嘘くさくなる。何か動きをつけろ」

「逃げようとしてるシーンなんだぞ。どう動けっていうんだよ」

「転びでもすればいいだろう」

「……そうか！」

思いもよらない理由で芝居が変化したり、加わったり、逆にそぎ落とされたりしてゆく空間が、勝には心地よかった。

「カイトさん、劇場側から問い合わせが来ています。搬入搬出に必要な書類に、カイトさんのサインが入っていないって」

「今すぐ書く。五分休憩」

「鏡谷さん、制作部から連絡です。大道具部のタイムスケジュール、押してます。間に合いません」

「間に合わせてくれ。ハリボテのまま出すわけにはいかない。安全面にだけ万全に気を配ってくれたらいい。ともかく安全が第一だ」

「雑誌社からカイトさんと勝さんのWインタビューの依頼が来てます！　六件です！」

「全て初日の前日にまとめて受ける。あとは勝のマネージャーに話を通してくれ」

ほぼ全てのパートの演出を終えたカイトは、雑用係と化していた。脚本、演出、そして役者同様『客寄せアドバルーン』としての役割を持つ気鋭の戯曲家は、役者のみならず、自分自身も『素材』としてフル活用する思惑であるようだった。

本番一週間前、最後の数回になる通し稽古の合間に、勝と天王寺は殺陣の練習に励んでいた。

「正直役者さんにここまでされると、僕たちの商売はあがったりなんだけどね」

と、殺陣指南の千条は苦笑していたが、内心はまんざらでもないらしく、唇はにまにましていた。

勝と天王寺は、どちらも運動神経に優れ、剣を扱う芝居の経験もあり、稽古の開始当初から、息が合っていないわけでもなかった。

だがそれは所詮『こんなに上手に殺陣ができます』という発表会だったのだと、稽古が佳境に差し掛かると、勝は悟らざるをえなかった。

「来なよ。百」

「殺してやる」

「やってみな」

大道具移動の段取り確認が行われている稽古場の外、廊下の中ほどで、勝と天王寺は斬り合っていた。直線移動のみの殺陣であれば、廊下のような狭いスペースでも確認できる。

我愉原の袈裟《けさ》懸《が》けの斬撃、バックステップで回避する百。

百の大きな踏み込みの斬撃、体を左右に振って自在に避けつつ、間合いを詰める我愉原。

鋼鉄の手甲をはめた我愉原に殴り飛ばされそうになり、転がって回避する百。

連撃、回避、カウンター。

再びの連撃、いなして鍔《つば》迫《ぜ》り合い、互いを弾く刀。

天王寺は勝を挑発し続けた。

お前には俺は殺せないと。

邪悪に嘲笑い、弄ぶ目で、勝を見つめた。

勝はその目に負けないように、心を強く持たなければならなかった。司さん今日は怖いですねと冗談めかせばすぐ壊れてしまう均衡を、維持し、客席まで伝えられるようブーストしなければならなかった。オーシャンブルーであった時の勝に求められたのは、テレビの前の子どもたちを勇気づける魔法の活劇だったが、今の勝に必要なのは、人間の情念を極限まで燃やす男のありのままを見せることだった。魂の色が見えたらいいのにと、勝は願った。我愉原を演じている天王寺から感じる、黒色の冷たい焔がメラメラと音もなく骨から発火し、体を燃やしているような迫力が、自分の中からも立ち上がればいいのにと思った。稽古を何度も何度も動画に撮影しては確認したが、勝自身には、自分からそんなものが発散されているようには見えなかった。

「そこまで！　後ろが危ない！」

監督役の千条の声で、勝と天王寺は我に返った。一階から続く階段を、ケータリングを持ったスタッフが上ってくるところだった。

「ありがとうございます！　おつかれさまです！」

勝が手を振ると、両手いっぱいに食べ物を抱えたスタッフは、にこにこ会釈しながら稽古場に入っていった。

勝はため息をついた。

「『怖かったですよお』くらいは言われたかったな」

「まあ勝ちゃんは、あの人たちには背中を向けて演技してたから」

「それはそうですけど……」

廊下にあぐらをかいた勝は、念仏のようにブツブツと唱えた。最近は風呂に入る時にも寝る前にも唱える呪文である。

「……我愉原が憎い、憎い憎い、森若を殺した我愉原が憎い」

「無様だねえ」

「うっさいですよ。ちゃんと殺しますから待っててください」

「本当に憎い時、人間って何すると思う？『憎い』って呟くかな？　これは天王寺としての疑問なんだけど」

つまり勝に、我愉原と百のことは忘れて聞いてくれという意味だった。

助言の予感に耳を澄ました勝は、滝のように流れる汗をタオルでぬぐい、天王寺に目をやった。天王寺もまた、犬を洗うように自分の顔と髪をかきまぜつつ、器用に喋っていた。

「俺はさ、酔っぱらった親戚に、昔一升瓶で殴られたことがあるんだけど」

「ええっ」

「小学生の時。急所は外れてたみたいですぐ治ったけど、その夏は怪我で、ずっとプールに入れなかった。俺、プールが大好きだったからさ、あの時初めて『本気でこいつを殺したい』って思うやつができて。そいつのことを考える時、恐ろしいほど冷静になれた」

天王寺は温度のない声で告げた。

「もちろん小学生の知恵だから、せいぜい感電させるとか、突き飛ばすとか、呪うとか、そのくらいのことしか考えられないよ。でも具体的にどうしたらいいだろうって考える時、自分でもびっくりするくらい頭が冴えた。『憎い』って感情の意味はともかく、その結果人間がどういう行動を起こすのか考えると、勝ちゃんの百にも役に立つかも」

「…………百なら……どうしますかね」

「考えてなかった？」

「いや、考えてはいましたよ」

勝はぽつりぽつりと、我愉原に森若を殺された後の『百』のことを語った。

「百は……森若を殺された後、まず自暴自棄になるんです。もうどうでもいい、だって森若は死んでしまったんだからって、辺りかまわず酒を飲んだり、仲間の野武士に当たり散らしたり。森若をなくしたことを忘れたいんです。でも忘れられないから、酒と八つ当たりがエスカレートして、でも気が晴れなくて、そのうちうんざりした仲間たちに、略奪に連れ出されるようになります。『まあまあ米でも盗んでスッキリしようよ』って」

「ん。二幕の冒頭では野武士集団のオサになってるわけだしね」

百は哀しみから逃れるように、行動に逃避する。しかし。

「でもその中で……自分がいつの間にか我愉原の同類になってることに気付く」

百は敵対する野武士集団の襲撃を受け、感情にまかせて敵の砦を強襲、焼き討ちする。しかし百はその中で、自分の斬り殺した敵の大将にすがりつき、泣きじゃくる若い兵士の姿を目にし、森若を思い出す。

「……あのシーンで百は、『自分も同じことをしてしまった』って気付くんです。みんな誰かの大事な人だってことを、まるで考えていなかったんだ、って」

「やーいやーい、同じ穴のムジナ」

「そうですよ、ムジナなんです。だから……」

天王寺は勝の言葉を待った。言いよどみつつ、勝は言葉を続けた。

「……我愉原と戦う時、百はきっと、自分の中の我愉原と決着をつけようとしているんです。あの時の百は、現実に我愉原と戦ってますけど、本当は、それだけと戦ってるわけじゃないんですよ」

「あー」

「自分との戦いなんです」

なるほどね、と天王寺は頷いた。

「概念の話になるんだね。『野武士になってしまった自分との戦い』」

「どうかな、『野武士の世界になんとなく順応してしまった自分との戦い』かな。『自分の中にある殺意との戦い』とか、『人を憎いと思う気持ちそのものとの戦い』かもしれません」

「最後のはどうかと思うよ。もし憎しみの気持ちを捨てたいと思ってるなら、我愉原に殺されてやるものじゃないの?」

「そこは森若の仇ですから。憎しみは捨てたいけど、我愉原はぶっ殺したい」

「ははは。中途半端」

「人間くさいって言ってくださいよ」

勝がじゃれかかると、天王寺は二幕終盤の我愉原の動きで応じ、勝にヘッドロックをかけた。ふりほどけずに勝があばれると、天王寺は声を上げて笑い、適当なタイミングで放した。

「解釈はもう完璧だ。あとはそれをどうお客さんに見せるかだね」

「……全力でやることしか浮かばないです。百は全力で生きて、生きて、生き切ってるから、俺もそうするしかない」

「まあ、そうだね」

「はい」

天王寺は笑った。がんばれよ、と励ます兄貴分のような顔に、少し勝は寂しくなった。

「……司さん、最近忙しそうですね」

「次の芝居の稽古が始まったからね。こっちが仕上がってきたタイミングで本当に助かる。前のはまるかぶりだったから」

「次は何の役なんでしたっけ」

「十七世紀フランスの舞台役者。コスプレ劇だよ。台詞はまだ全然入れてない。我愉原として生ききったら即入れる」

「すごいなあ。二つの舞台同時進行って、俺なら倒れそうです」

「毎日三回健康的な食事をしてサプリをとって運動して、睡眠時間にも気を遣ってる連中は、そう簡単には倒れられないよ。これもある意味での自分への虐待かな」

「でも楽しんでるんでしょ」

「当たり前だろ。チケット、事務所に送るから」

「絶対観に行きます」

天王寺には既に次の仕事の予定が入っていた。

舞台は完成に近づいている。

それはつまり、この座組での旅の終わりが近づいているということだった。

勝は廊下の壁にもたれ、笑った。

「最後に百が死ななかったらいいのに。なんだか友達が死ぬような気分なんです。あー」

「死なないかもよ」

「え?」

「舞台、全部で十五公演あるわけでしょ。一回くらい『百生存エンド』があるかもしれない」

「……そ、そうですかね」

「役者が信じなきゃ」

「………そうですね！」

「まあそれはそれとして、我愉原は百を殺して生きのびるけど」

「それは引っ繰り返りませんって」

「一回くらいは『我愉原大勝利エンド』があるかもしれないだろ」

「ないですから」

「あるある」

「ない」

　勝と天王寺はふざけて背中を叩き合いながら、稽古場へと戻っていった。大道具の搬出を手伝うタイミングである。その後は二幕の稽古だった。

　会《え》者《しゃ》定離《じょうり》という言葉の意味を、頻繁に、それはもう頻繁に思い知り、かみしめることができるのも、役者という職業の醍醐味なのかもしれないと、勝は静かに思った。

6

本番が近づくにつれ、勝の携帯には、いつもとは違う連絡がひっきりなしに入るようになった。件名は大体同じで『百夜之夢のチケットってとれる?』。そういえばそんな人もいたかなレベルの知り合いまでも同じ用件で連絡してくる始末で、勝も苦笑した。さすがにタイミングが遅すぎるため、「ごめん、ちょっともう無理」という文面を申し訳なく返しつつ、勝は自分の出演する芝居が、それなりの話題になっていることを悟り、嬉しくなった。

部屋に張り付けた、本番までのカウントダウンの日めくりが、残り三日になり。

二日になり。

ついに一日になり。

勝たちは本番の舞台である、渋谷プリズム大ホールへと乗り込んだ。

朝六時。劇場入り、通称『小屋入り』の朝は静かだった。

「おはようございます」

「おはようございまーす」

「おはようございます！」

演劇、芸能に携わる人間は、実時間を気にせず『おはよう』と挨拶をすることが多い。勝も既に慣れて久しい慣習だったが、今日ばかりはそれが嬉しくて仕方がなかった。朝の六時にふさわしい言葉で、本番の環境に臨める――血気にはやった勝の気持ちからすると『殴り込める』という状況に、胸が躍って仕方がなかった。

とはいえ裏方のスタッフたちには浮ついた様子はまるでない。音響あわせ、照明あわせなど、劇場入りから本番までの限られた時間で、クリアしなければならない業務は山積みである。

「はーい、ここからの舞台は舞監の砂原《すなはら》の担当です。みんな、よろしくねー」

「よろしくお願いしまーっす！」

コマネズミのように走り回るスタッフとは対照的に、カイトは客席中央の椅子に腰かけ、舞台をじっと眺めていた。脚本演出担当であるカイトの役割は、稽古場で全て終わっている。大道具の搬入や照明、音楽などの調整を含め、ここから先の舞台を統括するのは、『舞台監督』の腕の見せ所だった。実際の舞台上での全てを監督する、本番の舞台における責任者である。

「衣装つけろ、衣装！　アンサンブルも！」

「照明のエクセルシートが開けないってどういうこと！」

「Mが音割れしてるよ！　どうにかして！」

裏方のバタバタする音の真っただ中で、勝たちは人形のようにあっちへいったりこっちへいったりさせられた。衣装に最も栄える照明のチェック。台詞を潰さない音響の大きさのチェック。イリハケにかかる実際の時間の計測。場面転換に必要な時間の計測。

雑務がなければ花は咲かない。

曽祖父の代から続く鮮魚店を営む、勝の父親の言葉だった。

仕入れてきた魚を売る。それだけでは済まない自営業者の煩雑な事務作業を、勝の父親は大事にしていた。そういうことをおろそかにすると、結局はお客さんに喜んでもらえなくなってしまう。雑務を馬鹿にするものは雑務に泣くのだと。

渋谷プリズム大ホールの舞台は、本番という名の大輪の花を咲かせるための土壌を、今まさに急ピッチで整えているところだった。

「うわっ、楽屋がある！　一人用だ！」

二藤勝様、と書かれたネームカードつきの楽屋の前で、勝は立ち尽くした。天王寺からの情報の他にも、調べられることはインターネットで調べていたので、『一人用の楽屋がもらえるのは重鎮俳優になってから』という話は知っていた。

「まあ今回は、メイン俳優の数がそんなに多くないっていうのもあるからね」

腕時計をつけ、ストップウォッチを首からさげた男性が、勝の動向を見守っていた。タイムキーパーである。所定の時間に役者が所定の場所につくように監督してくれる役割だった。

「勝くん、のれん持ってきた？」

「のれん？」

「声をかけられたらすぐに気づけるように、控え室の扉は開けっ放しにしておくことが多いから、内側にのれんをかける役者が多いんだよ。自分の名前の染め抜かれたのれんとか、カーテンなんかを」

「全然準備してなかったです……！」

「あはは。それが普通だよね。だって初めての舞台でしょう？　それで主役なんだから」

君は幸せな生きかたをしてるね、と。

心から寿ぐような語調の言葉に、勝は深々と頭を下げた。

楽屋に荷物を置いた後、勝は衣装スタッフによって農民の百の服に着替えさせられ、その後メイクスタッフに顔を任せた。

「一幕の百ちゃんの可愛い感じ、フレッシュな感じ、一番後ろのお客さんにも届くように、ちょっと派手めにいれますね。近くで見るとギョッとするかもしれませんけど、舞台なので」

「大丈夫です。わかってます」

「よかった」

全ての準備が整った後には、ゲネプロが始まる。全ての衣装を本番通りに身に着けて、トラブルがあっても基本的には進行を止めずに行う、ドレスリハーサルのことである。

「カメラマンさん入りまーす」

劇場で販売されるブロマイドの撮影日でもある。

十数名のスタッフの他は誰もいない、数百人の観客を収容する大規模劇場の空席を眺めながら、勝はため息をついた。

「明日ここ、どのくらい埋まるのかな……」

「完売だよ」

「え」

勝の背後を通りかかった、設営中の蹴込《けこみ》を持った男性スタッフが、呆れたような口調で告げた。知らなかったの、と笑う目は、子どものようにきらきらと輝いていた。

「全席完売。当日券はちょこっと出るらしいけど、まあ『朝から並ぶ』ってＳＮＳではりきってる子たちも多いらしいから、そっちも瞬殺だろ」

「…………………」

「こういう舞台に携われるのは幸せだ。頑張ってね」

「……はい！」

ライトテスト用の二幕の衣装から、一幕の衣装を身に着けて勝が戻ってくると、舞台の上は百の故郷の農村になっていた。下手側から上手側にかけてはなだらかな丘で、丘の上にはお地蔵様の小さな社が立っている。丘の上には秋の草が生え、丘陵は黄緑色と土色のまだらに彩られていた。農村のはずれの丘が、舞台の上に存在していた。

美術スタッフの手による、圧倒的な光景にのまれかけている勝に、舞台監督がマイクで指示をとばした。

『一幕一場から行きます。みんな平気？　トイレに行った人は戻ってきた？』

もどってまーす、という声に小さな笑いが起こり、静かになった後、ゲネプロが始まった。

上がっていた幕が、ゆっくりと下りてくる。

客入れのＢＧＭから客席暗転、そして幕が開く。

初めて踏む舞台の板の上で、勝はいつものように、百になった。

「今年も豊作かなあ！」

外に何があるのかなど考えもしない。

「だといいべなあ」

考える必要もなく、体に叩き込んだ台詞はするすると出ていった。故郷の農村以外の世界をしらない百が、勝は好きだった。だがこれはきっと、誰にでもある子ども時代のようなものなのだろうとも思っていた。自分の周囲にあるものが世界の全てで、外に何があるのかなど考えもしない。

だがその時代が長くは続かないことも、勝は知っていた。

野武士の砦。焼き討ち。森若の死。オサになった百。

幕間の時間も忠実にはさみつつ、ゲネプロは進行していった。

「我愉原ァアアア！」

「来いやァ！」

最後の一騎打ちを、勝は必死で演じた。段取り通りの剣戟の最中、時折天王寺が繰りだすアドリブの台詞が怖くて面白くて、それを受けるのがまた愉快だった。百も楽しんでる、と勝は理解した。もう一人の自分のような存在との命のやりとりを、成熟した百は心から楽しんでいた。それがたとえ自分の命を対価にするものであろうとも。

ゲネプロは順調すぎるほど順調に進み、舞台監督は苦笑いしていた。

『もうちょっと問題が出てくると思ってたんだけどね』

「十分出てますよ！」

舞台監督補助の、眼鏡をかけたTシャツ姿の女性は、マイクなしでも聞こえるほどの声で叫んだ。手元のノートはびっしりと文字で埋まっている様子である。問題事項の書き出しだそうだった。とはいえイリハケの間違い、出とちりなど、小さな問題は存在したが、舞台の存続そのものにかかわるような問題は出てこなかった。

天王寺はカーテンコールの練習をしながらぼやいた。

「……あーしんど。これ十五回もやったら俺、死ぬかも」

「死んでいいですよ。『百生存エンド』にするんで」

「いや俺は諦めてないからね、『我愉原大勝利エンド』」

天王寺は肩で息をしながらも、勝を見て笑っていた。勝はぜえはあと息切れしつつ、呼吸を整え、お辞儀の練習に挑んだ。誰もいない客席に向かって腕を広げて、お辞儀をするのは、なかなかシュールな光景だったが、舞台を見てくれたスタッフたちが、いっぱいに腕を伸ばして拍手を送ってくれるのが嬉しかった。

カイトもまた、小さく拍手をしていた。芝居に拍手をするカイトを見るのは初めてで、勝は胸があたたかくなるのを感じた。

「なあ、田山さんは？」

百の農村での友人役の上村《うえむら》が、そっと勝に尋ねた。カーテンコールだというのに、田山の姿がない。勝は眉間に皺を寄せた。

「さっきトイレって」

「困るなあ」

「勝が呼んできたら？　『スペシャルゲスト』みたいな感じでさ」

「そういえば確かに、今回の田山さんの出演は謎だよな。『門』みたいなタッチならともかく、こういうエンタメ劇に出た経歴もないみたいだし」

「本人がやりたいって言ったらしいよ」

「どういうこと？」

『集中しろ！』

舞台監督の言葉で、好きに喋っていた役者たちはぴたりと口を閉じた。しかし監督も、田山がいないことを気にしていたようで、勝に呼びに行けとオーダーした。結局さっきの雑談通りの運びになったなと、勝は笑いながら舞台袖にハケた。

「田山さん、カテコの練習してますよ。田山さん……？」

田山を捜す勝は、明日配布されるビラの束に、自団体のビラを挟み込みにきた集団とすれ違った。おつかれさまです、おつかれさまですと、手土産持参でやってくる集団は、祭りの前夜のムードでいっぱいだった。だが田山の姿はない。勝は楽屋を捜した。田山の楽屋には明かりがついていた。中に人の気配もある。

全て終わったと勘違いしてしまったのだろうかと思いつつ、勝はノックをし、扉を開けた。

「田山さ………」

扉の向こうで、田山が鏡にむかっていた。口元をティッシュで押さえている。鏡の前には丸めたティッシュが幾つも散らばっていた。

全てのティッシュが、かき氷のイチゴシロップに浸したように真っ赤だった。

田山の口元も。

「ッ、田山さん！　救急車！」

「やめろ」

田山の声はガラガラだった。明らかに血を吐いている。どれほどの血が出てしまったのか勝にはわからなかったが、放っておける状態ではないことは明らかだった。

緊急事態を知らせようと、勝が身を翻しかけると、田山はやおら立ち上がり、勝につかみかかってきた。神猿大王が乗り移ったような俊敏な動きに、勝は動けなくなった。

口から鮮血を流しながら、田山は目をぎらぎらさせていた。

「誰にも言うな。俺は平気だ。絶対に言うんじゃねえ」

「どこが平気なんですか！」

「うるせえ！　平気なもんは平気なんだよ！」

勝には田山の声が、どこかで泣いているように聞こえて、返す言葉を失った。

「……でも」

「舞台にゃ問題ない。何の問題もない。任せろよ。俺は役者だ。お前もそうだろ。このことは黙ってろ」

「………でも」

「黙ってろ。いいな」

「………………」

はいともいいえとも言えないまま、勝は楽屋から下がった。田山は猛然とティッシュをビニール袋に詰め始めている。今のうちに血を吐いた痕跡を隠滅する気のようだった。

『勝おかえり！　田山さんどうしてた？』

舞台監督の質問に、勝はただ首を横に振り、見つかりませんでした、と小さな声で呟いた。

本当に何の問題もなかったなあ、と笑う舞台監督の隣で、若い舞台監督補助は相変わらずぷりぷりしていた。問題だらけですよと。その時勝は、舞台監督がつとめて、何の問題もなかったと口にしていることに気づいた。

そうであれと、役者たちとスタッフの全てに言い聞かせるように。

「…………」

明日からはいよいよ本番である。

勝は大きな笑みを浮かべながら、来たるべき明日からのことを想像し、途方もない気分になった。

「おはようございます！　月刊アクターズ・ボイスです。本日は貴重なお時間を割いていただき、本当にありがとうございます」

「おはようございます。鏡谷カイトです。よろしくお願いします」

「二藤勝です。よろしくお願いします」

ゲネプロの後、勝を待っていたのは雑誌の取材の連続だった。

アクターズ・ボイスは、稽古場でも既に取材を受けていた雑誌社で、そのあとに五社、カイトと勝のWインタビューを待ち受けているインタビュアーがいる。制限時間は一社につき二十分だった。

「初めての舞台が主演、それも鏡谷カイト氏の新作戯曲ということですが、二藤さん、お知らせを受けた時の心境を改めて」

「とにかくびっくりしました。でも、やらせていただけるなら幸せだなと」

「当時と今の心境を比べて、いかがですか。実際に取り組んでみた感想は」

「あんまり変わらないですね。でも『幸せだな』って気持ちは、どんどん強くなってます」

「素晴らしいですね」

　勝はつとめて『カイトに厳しくされた』『カイトがスパルタだった』などの言葉は使わないようにしていた。スポーツ新聞に巨大な記事が出たことは、全ての雑誌社が当然知っているはずである。もちろんインタビュアーはそのことには触れずに質問をするが、読み手にわざわざそのことを思い出させたり、「やっぱりそうだったのか」とミスリードするような真似は控えたかった。

　カイトはもとより寡黙なタイプである。インタビューの主軸は自然と勝に向いたが、それでもインタビュアーは、気鋭の戯曲作家の青年の話を聞きだしたがっていた。

　そして六社目。

　勝もカイトも名前を知らなかった、新創刊だという舞台雑誌の記者は、どうしてもカイトに話を聞きたがった。好きな食べ物や好みの芸能人など、興味のない質問にカイトは答えないので、勝が途中で質問を引き取ると、お前には聞いていないという視線を記者が勝に向ける。たった二十分のことだというのに、最初の十五分でカイトの機嫌はみるみるうちに急降下していった。

「そろそろ終わりですか」

それまでのどの質問への回答より、ハッキリした口調でカイトが尋ねると、記者は最後にと身を乗り出してきた。そして何故か、録音用ではないスマートフォンを懐から取り出した。

「カイトさん、どうしてもおうかがいしたいのですが」

そうして記者は、あらかじめ本体に保存されていた動画を再生した。

カイトのいじめのシーンの動画だった。

『カバ田！　カバ田！　ヒュー！』

ざあっと音をたてて、勝は全身から血の気が引いた気がした。映し出されているのは、陣内清が動画配信サイトにアップしていたとおぼしき、高校時代の動画だった。

ズボンを脱がされたカイトが、はやしたてられながら廊下を歩かされている。『カバ田』というのは、カイトの苗字『蒲田』を、馬鹿にした呼び方だった。

「すみませんちょっと」

勝が動画に手を当てると、記者は嫌そうな顔をした。お前には最低限の良識というものがないのかと勝が記者を睨みつけると、背後に控えていたマネージャーが気が付いて割り込み、「こういうことは困ります」と強い声をかけた。

だが記者はひるまず、カイトだけを見ていた。

「実は僕も、小さいころからずっといじめを受けていました。当時は『いじめられてなんかいない』と自分に言い聞かせることで気を保っていましたが、今考えるとあれは紛れもないいじめ行為でした。僕はカイトさんのことが他人に思えません。つらかったですよね。でも僕はそれを乗り越えました。おかげで強い人間になれたと思っています。カイトさんも、それを乗り越えて、才能という大きな花を咲かせたんですよね。親近感を覚えています。何か一言、いじめを受けている子どもたちにメッセージをお願いできませんか。『僕たちのようにいじめを乗り越えて強くなれ』と、言ってやってくれませんか」

インタビュアーは熱っぽい言葉で目を潤ませていた。勝は今すぐ席を立って、カイトを部屋の外に連れ出したくなった。

カイトは黙って、さっきまで動画が再生されていた場所を見ていた。

そして呟くように、言った。

「……いじめは、人を強くしません」

え？　とインタビュアーは目を見開いた。勝も目を見張った。

カイトは喋り続けた。

「ただ、破壊するだけです。そこにどんな理由があろうが、なかろうが、関係ない。いじめはいじめで、一方的な人間関係は、ただの暴力です。壊されたものは、元には戻らない。強くなんかならない。結果論です」

「……いや、そんなことはないでしょ！　だってあなたは」

「いじめのおかげで、今の僕があるなんて、僕は絶対に思わない。思いたくもない。さようなら。おつかれさまでした」

「おつかれさまでしたー！」

舞台入りの朝のように大声をはりあげ、勝はインタビュアーを部屋から追い払った。門番のような気持ちで勝が後を追いかけると、マネージャーに追い出された記者は、出入り口に続く方向の扉の向こうで、厳しく叱責されているようだった。

カイトはよろよろしながら、スタッフルームに続く方向の出口から、小さな部屋を出ていった。

「カイト！」

回れ右をして追いかけた勝が呼んでも、カイトは振り向かなかった。

泣きたいような気持ちで、勝はもう一度呼んだ。

「カイト！」

「聞こえている。何だ」

振り返ったカイトは、何でもないような顔をしていたが、目は虚ろで、背筋は曲がっていた。『カバ田』と言われて、よたよたと歩いていた高校生の姿がオーバーラップして、勝は歯を食いしばった。

「……あんなやつのこと気にするな。人間としてどうかと思うよ。プロデューサーさんに頼んで、出禁にしてもらった方がいい」

「あんな人間、どこにでもいる」

カイトの言葉が、勝の胸に突き刺さった。

動画は既に公開されてしまった。自分がカイトの立場だったらと思うと、勝は胸がひしゃげそうな気がした。一般の人々にとって、カイトはただの『有名人』であり、有名人が過去にいじめられていた動画を、暇つぶし程度に共有する人々がいることは理解していた。『有名人』は自分たちと同じ人間ではないのである。自分が同じことをされたらと考える対象ではないのである。少なくともそう考えてしまう人間が少なくはないことを、勝は知っていた。

カイトはぽつりと呟いた。

「………ああいう経験をして、一つ学んだことがあるとすれば、それは……『人は、人を、操作したい』ということかもしれない」

声は冷たかった。

冷え冷えとした灰色の廊下に、カイトの声は芝居の台詞のように響いた。

「他人が自分の言う通りに動くと、気持ちがいいだろう。自分が上位の存在になったような気がして、気分がいいだろう。人間はみんな他人を従わせたいと、意識してか無意識かは問わず思っているんだ。僕もその一人だ。だからこうして演出なんてことをして、お前たちに『あれをやれ』『これをやれ』なんて命令しているのかもしれない」

自嘲的な笑みを漏らした後、カイトは呟いた。

「僕もそういう人間の一人だ。同じだよ」

勝の声に、カイトはうつむいていた顔をあげた。

「同じじゃない」

「全然同じなんかじゃないぞ、カイト」

カイトはぽかんとしていた。

勝は奇妙な気持ちだった。自分の声が自分のもののように感じられない。これは百の声なのかもしれないと、心のどこかが観察していた。とはいえ農村で友達と豊作を願っていた百ではない。殺し殺されを経験し、我愉原との対決に己の命を懸けた、人生の先輩としての百だった。

勝の口は動いた。

「俺は役者だ。舞台の上の役者は、演出家の動かすコマだよ。そうでなきゃ芝居はできない」

「…………」

「俺はそれが幸せだよ。それが役者の幸せなんだ」

「…………」

「お前に命令してもらえるなら、俺は何だってやる。だってそれは役者と一緒に、新しい世界を生み出すためのオーダーだろ」

「…………」

「それと、嫌がる人間に無理やり何かをさせる命令は、天と地ほども違う。全く何もかもが違うよ、カイト。お前はすごい人間で、偉大な人間なんだよ。ひどい人間なんかじゃない」

勝は言葉を連ねた。

役者になってよかったと、勝はこれほど深く思ったことはなかった。

百という役柄と『仲良くなる』ことができてよかったと、これほど思ったことはなかった。

百だけでも勝だけでもない、しかし勝の中に確かにある思いが、勝の口から川の流れのように迸った。

「カイト、ありがとう。俺を選んでくれてありがとう。百と会わせてくれて、本当にありがとう。俺、役者を続けてよかった」

最後の一言で我に返り、勝は赤くなった。とんでもないことを言ってしまったような気がした。カイトもぼうっとしていた。

　そして笑った。

　勝は驚いた。眼鏡の奥に見える顔は、いつもの『微妙な表情』ではなかった。

　確かな笑顔だった。

　カイトは笑ったまま、勝の顔を見ていた。

「逆だよ」

「え？」

「選んでくれたのは、君の方だよ」

「…………どういうことだ？」

「それは…………いや、なんでもない。そのうち話す」

「いや、いやいや！　それはないだろ！」

「本番が近いんだ。もうインタビュー終了予定時刻を過ぎている。段取りの確認がまだあるだろう。急げ」

「ちょっ、おい、カイトー！」

「聞こえない」

　大股に去ってゆくカイトは、仏頂面で、ともすれば傲然《ごうぜん》として見える、いつものカイトだった。

釈然としないものを抱えつつ、ほっとした勝は、脚本演出担当に指示された通り、足早に舞台へと戻った。

その日の稽古が終わった後、勝はマネージャーの運転する車に乗って、アパートまで送られる運びとなった。勝の専属マネージャーではなく、他にも何人ものタレントの面倒を見ているのに、必要な時にはいつもそばで見守ってくれる豊田は、何物にもかえがたい、親族のような相手だった。

「豊田さん、本当にいつもありがとうございます」

「こんなこと、何でもないです。それに私も嬉しいですから」

「……嬉しいって？」

「勝さんがまた、キラキラしていることが」

キラキラ、と勝は問い返した。そうです、と豊田は半ば笑いつつ、真摯な声で応えた。

「勝さん……冬が、長かったですね」

「………」

「でも、冬、終わりそうですね。私それが、嬉しくて。本当に嬉しくて」

勝は初め、豊田が笑いをこらえながら喋っているのだと思ったが、違った。豊田は違うものをこらえながらハンドルを握っていた。助手席の勝は何も言えず、ただ豊田の横顔を見ていた。オーシャンブルーの仕事を経て、演技の仕事ができなくなって一緒に謝罪に行った時も、スポーツウェアの撮影で必要以上に脱がされ嫌な思いをした時も、小さな再現ドラマに出演した時も、その都度「おつかれさまでした」「よかったですよ」と言葉をかけてくれる、戦友のような存在の顔を。

「私、今までの時間は、勝さんに必要な時間だったんだと思います」

「『必要な時間』？」

「変な意味じゃありませんよ。ただ、大きなジャンプをする前にはしゃがまなくちゃいけないし……春になって十分に活動するためには、冬眠しなきゃいけない動物もいるし」

「俺、変温動物だったのかあ」

「そういう意味じゃありませんったら」

「わかってます。豊田さん、本当にありがとうございます」

春生まれのマネージャーは、年の離れた弟を見守るように笑ってみせた。勝はそれが嬉しかった。

部屋に戻った勝は、日めくりカレンダーの最後の一枚をやぶった。

現れた文字には、何か月も前の自分からのメッセージが書かれていた。

『おつかれさま！　さあ本番だ！　楽しんでいこう！』

「……わかったよ。楽しんでいこう」

部屋中のポスターをぐるりと見まわし、全ての恩人たちに挨拶をするような気持ちで、勝はその日、九時になった途端に眠った。少なくとも眠ろうとした。遠足の前日のように寝付けなかったので、少し水を飲んでから、枕を抱いて寝直した。

夢は見なかった。

7

「集団食中毒？」

「昨日の飲みの二次会で食べた牡蠣がまずかったみたいで……」

本番当日。

朝一番から舞台裏は波乱だった。

一部の役者やスタッフが参加した一次会の後、主にアンサンブルのメンバーが自主的に二次会を行い、その場で出てきた季節外れの生牡蠣に、見事にあたってしまったのだった。

舞台監督とカイトは額を付き合わせ、沈痛な面持ちをしていた。

食中毒で病院に運ばれたのは輪島、神崎と、裏方のスタッフ一人の計三名。

退院は早くても明日になるという。

当然今日の舞台には間に合わない。

シャドウと呼ばれる『万が一』の時のためのキャストも存在するにはするが、アンサンブルのシャドウは一人だけで、それも輪島や神崎よりもかなり年上で、動きもそれほどという人材だった。いないよりは遥かにましである。それでも。

「今から代役は立てられない。穴の空いた状態のまま通すしかないだろう」

「……せっかくの初日なのに」

カイトの決定に、選択の余地はなかった。舞台監督の消え入るような声は、その場にいる全員の総意だった。

楽屋入りするや否や、厳しい面持ちのスタッフたちと出くわした勝は、事の次第を説明されると、天王寺を捜した。

「すみません、司さんいますか。芝堂さん！　東さん、千条さん！　アンサンブルの方！」

「おつかれ勝ちゃん。三十分前からみんなで打ち合わせしてるよ」

甘い声に勝はひょっと眉を上げた。

天王寺の楽屋には、殺陣に参加するキャストが、勢ぞろいしていた。今しがた勝が呼ぼうとしたメンバー、全員が。

「何を言われるのかも大体想像がついてる」

「……………せーの」

アドリブを増やしませんか、という声は、野武士・朽葉《くちば》役の芝堂匠、天王寺、勝の三重唱になった。勝は笑ってしまった。

「よかった。同じことを考えてました」

「実は既にサトツちゃんとちょっと考えてあったんだけど」

「やった！　俺、シャドウの安斉《あんざい》さん連れてくる！」

「さすがー！」

「やめろ」

部屋に顔を出したのはカイトだった。

ゲネプロの日同様、本来であれば本番当日に演出家の出番はない。しかし予想外のトラブルに忙殺されている舞台監督のために、今日はサブ人員として活躍しているようだった。

仁王立ちをするカイトに、勝は食い下がった。

「輪島さんと神崎さんが両方いないってことは、一幕の三場と二幕の四場、両方ともがらんとしちゃうってことだろ」

「仕方がない」

「初日は批評家もたくさん来るってカイトも言ってたじゃないか」

「舞台は生もので、アクシデントはつきものだ。アクシデントをカバーしようとして、突発的な試みをした結果、予想外の大事故が起こることも多い。今は舞台を無事に終わらせることだけを考えろ」

「……その『無事に』がもう危ないってことじゃないのか」

「アンサンブルが二人いないだけで台無しになるほど、お前たちの芝居はやわなのか？」

勝とカイトの横で、天王寺の唇が三日月のような弧を描いた。言うね、とでも言いたげな顔を、カイトは意図的に無視した。

「リスクを冒すな。安全第一だ。わかったな」

「……わかった。安全第一にアドリブする」

「おい」

食い下がる勝が、カイトにとっては想定外であったようだった。勝はぎんと瞳に力を込め、『百夜之夢』の生みの親を見つめ返した。

無言の説得のような時間だった。

十秒と少し、黙り込んでから、カイトは小さく嘆息した。

「……舞監と話をする」

カイトが去っていったことを確認した後、三人は静かにめくばせをし、天王寺の楽屋に引っ込み、芝堂に頼んでアンサンブルを集めてもらった。

が、秘密会議はものの五分で終わってしまった。

「修正版だ。すぐに目を通せ」

戻ってきたのは目をらんらんと輝かせるカイトと、魂の抜けたような顔で呆れる舞台監督だった。携えているA４の紙には、縦書きの文字で何かが書かれている。

台本のフォーマットで書かれているのは、二人のアンサンブルの欠員を補う『アドリブ』の内容だった。叫び声のタイミング、然るべき動線、その後の段取りを踏まえた上で、やってはいけないことも。

「止めてもやるというのなら、少しでもリスクの少ない形にしてやるのが僕の務めだ」

「現場に入ってからの担当は、舞台監督のはずなんですけどね……」

「申し訳ありません、砂原さん。一生に一度のわがままと思ってやってください」

カイトは舞台監督に深々と頭を下げ、勝たち役者もそれにならった。

舞台監督は渋々といった顔で、欠けてしまった人員の動きを補う動線を、楽屋裏のホワイトボードを持ってきて書きなぐった。

舞台上での殺陣を請け負う役者たちと、彼らを支える裏方による作戦会議は、時間いっぱいまで続いた。

「大変長らくお待たせいたしました！　『百夜之夢』、ただいまから開場いたしまーす！」

声を張り上げる案内係の横を、四列に並んだ観客が通り過ぎていった。走らないでください、走らないでお歩きください、という声の通り、皆きちんと限界の『速足』で、劇場の赤絨毯を踏んでゆく。

「うわーうわー、二藤勝、生の二藤勝だよ。もうだめだ緊張で死んじゃう。桃子《ももこ》、あたしが倒れたら支えて」

「それより物販戦争に行かないと！　この日のためにクレカの限度額増やしてきたよ」

「通販で買えるグッズはいいから、限定グッズ、特に会場限定のブロマイドが本命！　うおー勝！　待ってろー！」

初日のチケットを手に入れた山口《やまぐち》桃子と高良《たから》あかねは、連れだって物販スペースに向かった。パンフレットほか、劇場と通信販売の双方で扱われるグッズ、そして劇場でしか販売されないグッズの二種類があった。

「それにしても、あかねとお芝居見に来るのも久しぶりだよね。最後はいつだっけ？」

「大学卒業してからめっきりだから、もう一年くらいは余裕で空いてるよ」

「うわっ信じられない。毎週あかねと一緒にどこか出かけてたのにね」

「ほんとにね。学生時代は夢みたいだったなあ……」

「これこそ百夜《ひやくよ》の夢だねえ」

「違うよ桃子、これはももよのゆめって読むの」

「そうなの？　えっ意味は？」

「意味は……百日の夜ってことだと思うけど」

「あっそうか、勝の演じる主人公が『百』だから、百夜ね。理解した」

「楽しみだねー、生二藤勝」

「生天王寺司もだよ。歴史わかんないけど、去年の大河ドラマはあの人目当てで見てたもん」

「わかる。かっこよすぎだよね。まあイケメン度では勝が勝ちますけど」

「いや天王寺司は悩殺系だから。お色気対決なら圧勝ですから」

「ひー。笑わせないで。桃子、ほんとに大学時代と全然変わらないね」

「それを言うならあかねもだよ。二藤勝、復活してよかったね。日曜日の朝毎週早起きして見てたヒーローが舞台で大活躍とか、もうそれこそ『夢』じゃん」

「ね。これがほんとの『夢』だよ。あーだめ、もう泣ける」

「これは終演後、あかねの化粧は全落ちだね。可哀そーに」

「それは大丈夫。今日の化粧は全部ウォータープルーフだから」

「号泣が織り込み済みか！」

二人の旧友は、他の大勢の観客と同じように、わいのわいのと騒ぎ、楽しく語り合いながら、自分たちの席へと向かった。


「本番三十分前でーす。三十分前でーす」

タイムキーパーは同じ言葉を繰り返す機械になったように、『三十分前』を連呼しながら歩き続けていた。

衣装からメイクまで、完全に準備を整えた役者たちの間を、美術や小道具のスタッフが歩き回り、最終確認に余念がない。

「あれ？　今日みんな、同じTシャツですね」

スタッフの衣装に気づいた勝が呟くと、舞台監督の砂原が笑った。砂原もまた、同じTシャツ姿だった。表面に『百』、裏面に『夢』と、筆文字で大きく描かれている。

「それを言うなら昨日からだよ。『百夜之夢』劇場限定Tシャツ。黒赤二色展開でフリーサイズ」

「赤がいいな。赤もらえるかな」

「あとで届けてもらうよ。でも、よかった」

「何がですか？」

「全然緊張してないみたいだから。正直稽古場で初めて演技を見た時には、使い物になるのかどうか不安になるレベルだったのに」

「それはもう、ご指導のおかげで」

「カイトくんのね。じゃ、楽しんできて」

「『頑張ってきて』じゃないんですか？」

「僕は役者さんにはいつもそう言うことにしてるんだよ。舞台に立てるのってね、奇跡みたいなことだから」

楽しんできて、と。

砂原は心から嬉しそうにそう告げ、右手の親指を立てた。今どき絵文字くらいでしか見かけないハンドサインに勝は笑い、サムズアップを返した。

「りょーかいです」

舞台袖へと去っていった砂原と、入れ違いに、小柄な影が姿を現した。

田山である。

「さあて、一発かますか」

長物を振り回す練習をしている田山に、勝はそっと距離を詰めた。

「田山さん」

大丈夫ですか、と勝は声を潜めて尋ねたが、田山は無視した。既に神猿大王の衣装をフルセットで着こんでいる。尋ねるまでもなく、板の上に立つに決まっていた。

「……俺、がんばりますね」

応援しています、とも、心配しています、とも言えない大先輩に、勝はひとり、決意表明をすることで、両方の意を示したつもりだった。

これもまた無視されるだろうと思いきや、勝は声をかけられ、驚いた。

「マサ坊」

「へ？　俺のことですか」

「他に誰がいる。あとで楽屋を見てみな」

「……何かあったんですか？」

「別に。土産物だ」

あと十五分でーす、十五分でーす、という声が、上手から聞こえてきた。緞帳《どんちょう》と呼ばれる分厚い幕が下りている今、舞台の内側の声が客席に漏れることはない。ただし

『飛んだり跳ねたり』のドシンという音は聞こえてしまうから気をつけろと、舞台監督に注意されていた。

勝は舞台を見回した。しばらく出番のない天王寺は舞台袖でスタッフと話し込んでいる。次に会う時は殺し合う仲だった。

「ひびきくん」

「おあにいさま！」

笑いながら駆け寄ってくるひびきは、ロングのポニーテールのかつらをかぶり、浅《あさ》黄《ぎ》色《いろ》の生地に山吹色の糸で刺繍の入った水干《すいかん》の、少女のように愛らしい稚児姿になっていた。

「おあにいさま、いよいよですね。ドキドキします」

「ほんとだね。ドキドキも楽しんじゃおう」

「はい！　森若は途中で死んじゃいますけど、心はずっとお傍にいますよ」

「わかってる。ずっと一緒だ」

ひびきと別れた後、勝は再び舞台の上を見回した。

「安斉さん！」

シャドウのアンサンブルの安斉は、見るからにガチガチに緊張した顔をして、手足の運び方の確認をしているようだった。勝が近づいてくる気配を察知すると、上官に叱責されるのを恐れる兵卒のように、びしりと気を付けの姿勢をする。

　勝は笑った。

「安斉さん、リラックスして大丈夫ですよ。今日、ここに来てくださっただけで、ほんとに感謝してます。こんなこと言うのも変な話ですけど、せっかくですから一緒に楽しんじゃいましょう！」

「はあ……」

「で、終わったらいっぱい飲みましょうね。おつまみは牡蠣以外で」

　勝がふざけて声を潜めると、安斉はぶはっと噴き出し、その後不器用な笑みを浮かべた。少しでも緊張がほぐれることを祈りつつ、勝は所定の位置に向かった。

「あと十分でーす。客電落ちまであと五分でーす」

　十分。

「客電落ちまーす」

　五分。

　そして。

　幕が上がった。


　一幕一場。

遠い昔、日本の国が、まだ日本という名では呼ばれていなかった頃。

農民の百とその友人たちは、小さな村で米をつくって暮らしていた。丘の上のお地蔵様に見下ろされる、小さな村落である。

「百、どうしてそんなに拝むんだべ？」

「わからねえ。わからねえから拝むんだ」

「ああ？」

「なんでみんな、お地蔵様を拝むんだ？　拝んだらいいことがあるからか？　わからねえ。おいらはそれが知りてえんだ。だから拝んでる」

「はー、わっけのわからねえことを言うだなあ」

平和な村は、しかしある日突然野武士の集団によって襲撃を受ける。戦乱の世の中、戦には無縁の農民たちといっても、命の危険と隣り合わせだった時代が舞台なのである。

「どけ！　百姓！」

友達をかばった百は、野武士に斬り殺されそうになるが、偶然手に持っていた鍬で逆に斬りかかり、野武士たちを圧倒する。

しかし多勢に無勢で、奮戦も空しく、百は野武士たちに囲まれてしまう。かばってやった友達も、百を見捨てて逃げてしまった。

自分の命もここまでかと思った百は、その場で斬り殺される覚悟を決めるが、そこへやってきたのは野武士たちの大オサ、金色の猿の毛皮をまとった、神猿大王と呼ばれる男だった。

「気に入った！　お前、名を何という」

「もっ……百」

「百か！　ハッハッハ！　こいつはいい。数も数えられない百姓の名前が、よりにもよって『百』とはな。ひっ捕らえろ。砦で働かせて、せいぜいものを勘定させてやれ」

「いやだっ、いやだーっ！　放せ、おいらを放せ、この野郎ーっ！」

神猿大王に目をつけられた百は、野武士たちに連れ去られてゆく。

舞台はかわって、神猿大王の野武士砦。荒々しい男たちばかりの砦は、丸太を地面に突き刺した防壁で囲まれており、外からの侵攻も、内側からの脱出も拒んでいる。ぽつりぽつりと焚かれた松明が、藍色の夜空を橙色に照らしていた。

「帰りてえ……帰りてえよお、おっかさん……おとっつぁん……」

泣き暮らしていた百は、しかし野武士たちにわずかな白い飯をわけてもらうと、あまりのうまさに飛びあがる。農村でつくった米は領主に取り立てられる上、早くに両親をなくした百は、近隣の農民の畑に労働力を提供することで何とか食わせてもらっているだけの立場であったため、生まれて初めて食べる白米の飯だったのである。うまい、うまいと笑いながら砦を走りまわる百は、そこで泣いている少年に出会った。

「泣いてるのか?」

「ひっぐ…………」

「これ食うか。うめえぞお」

「ひっぐ……うっぐ……」

薄汚れた、しかし高級そうな衣服をまとった少年は、百から米の飯を見せられると、餓鬼のような勢いでかじりつき、百の指に歯を立てながら平らげてしまった。腹が減ってたんだなあ、と笑う百に、少年は心を許し、森若と名乗る。

「お待ちください。おあにいさま、どこへ行っちゃうのですか」

「『おあにいさま』? 何だいそりゃ」

「百さまのことです。森若は百さまのおそばにおります」

「なんだってんだい。おいらはそんなこと、一度も頼んじゃいねえよ」

「でも森若はそうしたいのです。おあにいさま、なにをしてほしいですか」

「してほしいことなんかねえよ。でも、森若。おめえもここに連れてこられたのか」

「はい……今頃お館で、主さまたちが心配しているやもしれません」

「おいらも村に帰りてえ。二人で抜け出してみよう」

「はい」

　しかし二人の脱走計画はあえなく失敗し、見張り番の野武士たちに叩きのめされたところを、神猿大王と彼の側近に見つかり、嘲笑される。

「なんだ、ここから逃げ帰りたいというのか。よっく考えてみろ。あの村はもうないんだぞ」

「ない？」

「米も人も種も、俺たちが隅から隅まで食らいつくした。あそこに残っているものは、くずさ。塵芥《ちりあくた》の塊だ！」

　百は怒りを爆発させ、神猿大王に殴りかかるが、まるで相手にならない。しかしどんなに痛めつけられても諦めない百を、神猿大王は気に入り、尋ねる。

「まったくてめえはつくづく面白い百姓だ。一体何が望みなんだ。金か、女か、食い物か」

「どれでもねえっ！　なんにもいらねえ！」

「では何故歯向かう。ああ？　言ってみろ」

「……おいらはおまえが気に食わねえんだッ！」

　ろくに立ち上がれない状況ながらも啖呵をきった百を、神猿大王は笑い、何を思ったのか、側近の男に何かを取ってこさせる。それは一振りの刀だった。

神猿大王は、百に手ずから愛刀を授けた。

「こいつの名前は『神斬丸《かみきりまる》』。俺が若い時分に世話になった殺しの道具だ。だがまだ斬れる。おめえ、そいつを腰に下げて、しばらく野武士をやってみな。自分が本当に欲しいものが何なのか、だんだんにわかってくるだろうよ」

「イヤだッ！」

「ほう、そうかい。お前さんが嫌というなら、俺ぁそのちびすけを斬り殺して、逃げようとした奴隷どもの見せしめにしてやらなきゃならんがな」

神猿大王に刃を向けられ、森若はすくみあがる。

またしても、百に選択の余地はなかった。

「森若、すまねえ、すまねえ……」

「いいんです。おあにいさまは森若の命の恩人です。森若は誠心誠意お仕えし、お尽くしします。どうぞお見捨てなく、よろしくお願いいたします」

「……よくわからねえけど、おまえのことはおいらが守ってやるよ」

「はい！」

野武士になり、守る小姓を手に入れた百は、嫌々ながら野武士としての日々をスタートさせる。意外なことに野武士といっても、日々略奪をするばかりではなく、砦の中の菜園で、奴隷にジュンサイやゴボウを栽培させる自給自足の面もあった。何故畑がありながら作物の収奪を行うのかと、百は神猿大王に尋ねるが、神猿大王は「あんな畑じゃあ全員を養えねえ」と即答する。百は神猿大王にも、自分にとっての森若のような守るべき人々がおり、それが野武士の集団であることを理解し、複雑な気持ちになる。

次第に野武士としての日々に慣れ始めた百は、略奪にこそ加わらないものの、野武士たちがうばってきた米をはかり、分配する、責任ある立場にたつことになる。その米がどこからやってきたのかは考えないことにし、百は野武士の仲間たちに米を配り、彼らの喜ぶ顔に生きがいを感じるようになる。森若は百の楽しそうな姿を見るのが嬉しいようで「最近のおあにいさまが森若は好きです」と屈託のない笑顔を見せる。農民であった自分が、野武士に協力しているのにか、と百は森若に尋ねるが、森若は首を横に振る。

「森若のむかしのおあにいさまは、都で武士《もののふ》をしておりました。武士の仕事は戦うことです。お偉い方々のお墨付《すみつ》きで守られこそすれ、やっていることは野武士とそれほど違いません。むかしのおあにいさま曰く『強いものが弱いものから奪うのは、この世の摂理』なのだそうです。森若には難しいことはわかりませんが、森若はおあにいさまが好きです」

「…………森若……」

森若は微笑み、いつも百が森若にそうしているように、百の頭をそっと撫でる。

森若の言葉に救われた百は、自分の仕事に自信を持ち、野武士としての生活も悪くはないし、神猿大王も悪人ではないのではないかと考えるようになる。

事件が起こったのはそんな折だった。

「火事だ！　火事だー！　砦が燃えてるぞー！」

「謀反だ！　謀反が起こったぞ！」

神猿大王の砦は、ある夜突然、劫火に包まれる。

下手人は他でもない、神猿大王の腹心、我愉原であった。

「我愉原、貴様ァ裏切ったな！」

「裏切る？　冗談じゃない。俺はこの日をずっと待っていたんですよ」

寝起きの神猿大王を、背中から刀で突き刺し、炎と同じ赤銅色に染めた我愉原は、砦の中で高笑いする。

「無様、無様、無様ァ！　我が一族を！　我が郎党を！　皆殺しにしたこの恨み、忘れたとでも思うたか！　耄碌《もうろく》したなァ大王よ！」

ろくに抵抗できない神猿大王に、何度も何度も刃を向け、我愉原は復讐を遂げる。

我愉原もまた百と同じく、神猿大王に故郷を略奪され、全てを奪われ、野武士として生きることを強いられた人間だったのだ。

百はどうしたらいいのかわからないまま、燃え盛る砦の中で立ち尽くす。すると我愉原は百に目をつけ、舌なめずりをする。

「そこのお前」

「ひっ」

「お前も大王の、いやこの屍体のお気に入りであったなあ」

ぴちゃ、ぴちゃ、と我愉原が歩くたび、不気味な足音がこだまする。神猿大王の血のりである。百は恐ろしくて腰が抜けてしまい、地べたに這いつくばったまま後ずさりすることしかできなかった。

「貴様は百姓崩れであったか。ここで殺してくれよう。これもまた慈悲だ。卑賤の身が流転の浮世に別れを告げること、望外の幸せと喜ぶがよい！」

我愉原が刃を振り上げ、百に振り下ろしたその時、

「おあにいさま！」

飛び込んできた森若が、百をかばって刃を受ける。

「……………………森若！」

「なんと、お涙頂戴だな」

虫の息であった森若を嘲笑うように、我愉原はとどめの一撃を刺し、森若を絶命させる。

「がッ…………………我愉原ァァアアア！」

「怒ったか？　怒ったのだな！　ははは！　愉快だ、この上なく愉快だぞ、百姓崩れ。貴様の怒りは俺を猛らせる！」

「殺してやる！　殺してやるぞ！　森若のかたき！　殺してやる！」

「貴様にはできまいよ。俺は不死身だ。憎しみの化身だからな。憎しみはいつまでも死なぬのだ。たとえ仇を殺したとてな」

哄笑しながら、我愉原は馬を駆り、燃える砦から脱出してゆく。百は後を追おうとするが、崩れおちてきた砦の壁に押しつぶされ、意識を失ってしまう。

目を覚ました時、砦は跡形もなく燃え落ちていた。砦の向こうに存在した山脈が、朝の光の中に、よく見えるようになっている。燃え落ちた木材と焼けた死体だらけの砦には、何も残されていなかった。

「塵……芥……塵芥だ……なんにも、なんにも残ってねえ…………森若……森若、あぁ……」

百は泣きながら、黒焦げになってしまった砦の中を歩き回る。いつの間にか神猿大王の砦もまた、かつての故郷の村のように、百にとってかけがえのない居場所になっていたのだ。

「……見ろ、百さんが生きてる」

「百さんが生きてるぞぉ！」

「百さん！　俺たちはこれからどうすればいいんですか」

「百さん！」

「百さま！」

「百さま！」

生き残った者たちが百を見つけて集まってくる。食料の分配係という形で、皆の人々に慕われていた百は、人々が自分にすがっていることに気付く。

「えっ、でも、おいらは……おいらは……」

言いよどむ百の声は、人々の「百さま」「百さま」という声にかき消されてしまう。

人々の囲みから脱出した後、百は覚悟を決め、別人のように声を張った。

「いよォおおおおおし！　てめえら！　俺についてこい！」

百の宣言に、残された人々は怪訝な顔をした。百は構わず、腕を広げ、全員に広く言い聞かせるように喋り続けた。

「ここには『神斬丸』がある！　神猿大王からもらった宝の刀だ！　こいつがある限り、俺たちは決して飢えない！　飢えたくないやつは俺についてこい！　我愉原に鉄槌を下せ！　俺たちは飢えない！」

「……おお」

「……おおお！　百さま！」

「百さまー！　百さまぁー！」

焼け落ちた砦に朝がやってくる。朝日を受けた黒い砦は、いよいよ生々しくグロテスクで、まるで焼け落ちた繭のようにも見える。そこから新しく生まれ落ちた百は、刀を構えた右腕を突き出し、人々を率いるようにかかげた。

勇壮な太鼓の音と、どこか不吉な予感を漂わせるＢＧＭと共に、舞台の幕が下りる。

一幕の終了である。


「十五分間休憩でーす！」

一時の静寂に満たされていた舞台は、幕が下りた瞬間、別の空間へと変貌した。

「うーッ、足が」

「氷持ってきて！　安斉さん足攣っちゃったって！」

「おつかれさまでしたー！　スポドリこちらですー！」

「百さん、じゃなかった勝さん、ＳＮＳ用の写真一枚！」

「おい上手側の小道具の位置どうなってんだよ！　ぐちゃぐちゃだぞ！」

舞台の中央で、百の姿勢のまま固まっていた勝は、はーっと息を吐き出して刀を置いた。ついさっきまで本物の『刀』だったそれを、小道具担当のスタッフが所定の位置に持ってゆく。一幕の剣戟で酷使され、傷んだ場所がないか、芝居中に折れたりしていないかとチェックされ、二幕の開始時にはここにありますと指示された場所に安置されるのである。

　スポーツドリンクをがぶ飲みする勝は、後ろを通り過ぎる人々から次々に肩を叩かれた。おつかれ、おつかれ、すごいぞ、おつかれ、という声が誰のものなのか、勝には顔を見なくてもわかった。次に「その調子」と声をかけられた時、勝は振り向いた。舞台監督だった。

「お客さん楽しんでますかね」

「うん。僕も直接は見てないけど、ホワイエの映ってるカメラはすごいよ。大盛り上がり。明日のチケットが買えないかって話してる声が入ってて嬉しかった」

「うおー！　今日のお客さんに明日のチケットも買ってほしい！」

「だから完売なんだって」

「それはわかってますけど！」

　勝が笑うと、舞台監督はじっと、勝の目を覗き込んできた。ああ今この人は俺じゃなく『百』を見ているんだなと気づいた時、舞監は再び喋った。

「頼んだよ。最後までやりぬいてくれ」

「……はい」

「君の中の百は何て言っている？」

「………何にも言ってません。ただ生きていくことで精一杯だから。戦ってるだけです」

「そうか」

舞台監督は笑い、足早に去っていった。

その後すぐ、ぽんと肩を叩かれた時、勝は振り返る前に相手が誰なのかわかった。

「おつかれです、司さん」

「おっつー。最後の打ち合わせする？」

「します」

舞台監督が消えた後、二人はまず既存の殺陣の確認をし、そのあと新しくカイトが加えた『アドリブ』の箇所を見直した。やりにくい所があれば確認の上、臨機応変に切り替えること、というカイトの言葉は、まるきり矛盾していた。確認する時間などもとからないのである。とはいえ二人のアクターが抜けた舞台の空白をおぎなうチャンスは、今しかない。

「これ、失敗したら大問題だな。万が一の時は、勝ちゃんごめんね」

「失敗しませんよ。俺と天王寺さんがやってるんですよ。成功以外ありえませんって」

「言うようになったね」

「これでも座長ですから」

座長。

座組の長のことであり、通常は芝居の主役が務めるものである。

座長の役割というものが決まっているわけではない。ただ役者同士の関係に目を配ったり、差し入れを多くしたり、努力で何とかできる範囲のことに気を配ったりと、そういったことをする役割のことである。

勝は最初、自分ではなく田山が座長かもしれないと思っていた。だがイギリス帰りのカイトは、『座長』については何も言わなかった。そもそも舞台初心者の勝が、『座長』の存在を知っているのかどうかを危ぶんだのかもしれなかった。そして何より、ただでさえ巨大なプレッシャーを背負っている勝の心労を、少しでも減らそうと考えてくれたのかもしれなかった。

だが今、勝はそれら全てを楽しんでいた。

「司さん」

「んー？」

「舞台って……いいですね。すごく、いいですね」

「最高だよ」

勝は笑った。何をそんな当たり前のことを言っているのか、というように答えてくれたことが、勝は嬉しかった。芝居のことを当たり前にそんな風に考えている人々の中で、全身全霊を注ぎ込める仕事に携われることが、勝はこの上ない幸せに思えた。命を救ってくれる水の湧く泉を見つけて、思い切り飲めと言われたような気がした。いつまでも泉に頭を突っ込んでいたかった。

「あと百回くらい公演ないかなあ」

「甘い。初日はまだいいよ。千秋楽には体中バッキバキ、テーピングとアイシングが大親友だ」

「おえ……そこまでは考えてなかった」

「いろいろ体で勉強しなよ。それも醍醐味だ。もう一回確認する？」

「します」

舞台の上のゴミを一つひとつ拾っているスタッフに、邪魔だなあという顔をされつつ、勝と天王寺は最後の確認を行った。ダンスの振り付けを確認するダンサーのように。

「じゃ、またあとで」

「はい。あとで」

殺し合う時まで、と勝が無言で念じると、天王寺もまた同じ眼差しを返してきた。

我愉原というキャラクターを、あの堅物のカイトが一体どこからひねりだしたのだろうと思うと、勝は少しおかしくなった。

十五分の休憩。

入院中の輪島と神崎から『申し訳ありません』『魂とばします』というメッセージが入り。

破れた衣装をスタッフが神業のような速度で修復し。

物販で森若のブロマイドが完売したというニュースに目を細めた頃。

「五分前！　客電落ちます」

幕間は終わった。

二幕が始まると、舞台の上には砦が出現していた。神猿大王の砦とは違う、黒々とした壁に囲まれ、装甲車のような棘のついた、異形の砦である。

百の城だった。

「大将！　今日も首尾は上々ですぜ！」

「米も着物も山とある！　こいつは俺のかかあも喜ぶぜ」

砦の頂上に顔を出した百は、砦のような黒色の甲冑に身を包み、長く伸びた髪を髷に結っていた。野武士たちを見下ろす顔に、かつての百の面影はほとんどない。憐れみと、どこか軽蔑を混ぜた眼差しで、百は自分を慕う野武士たちを見下ろしている。

「よく帰った。稼ぎをみんなに分けてやんな」

「あい！」

力強く応えた部下たちを、百は砦の中に迎え入れつつ、自分は砦の露台へ出てゆく。その時ちらりと後ろにのぞく百の部屋には、乾いた血が黒くこびりついた神猿大王の毛皮と、無数の着物、豪奢な調度品がしつらえられている。だが生活感はなく、略奪品ばかりの部屋は空疎である。

「……森若……俺は一体どうしたらいい。仲間たちもいる。金にも困らない。領主たちさえ今の俺たちの所帯には一目置いている。だがお前の仇が見つからねえ。俺は一体何のためにこんなことをしてるんだ……」

と、百の部屋の中に側近が飛び込んでくる。

「百さま。川向こうの犬塚《いぬづか》組が、また攻めて来たようですぜ。どうします」

「……野犬どもめが。身の程を教えてやる。俺が出るぞ。神斬丸を持て」

「いや、しかし、何もわざわざ百さまのお手を煩わせなくとも」

「出ると言うたら出るのだ。俺の刀を持てい！」

「はっ！」

豪奢な部屋の中では晴れない気持ちを晴らそうとするように、百は外へと打って出る。川をはさんだ向こう側を陣地とする野武士集団、犬塚組は、幾度も百たちの砦に攻勢を掛けてくるが、駆逐しようとするたび素早く散ってしまう、ゲリラ戦法を得意とする集団だった。

だがこの時は違った。

「引けー！　引けー！」

戦の末、頭領の犬塚が逃げようとすると、なんと撤退するはずの川向こうに、既に百の配下の野武士たちの姿がある。百は罠を仕掛け、犬塚たちの『巣穴』を先にかすめとってしまったのだった。

「年貢の納め時だ。言い残すことはあるか」

「…………貴様！」

追い詰められても最後まで諦めず、懐剣で百を殺そうとした犬塚を、百は神斬丸で斬り捨てる。犬塚はばったりとその場に倒れる。

叫び声をあげ、そこに取りすがったのは、犬塚の野武士たちの中でもひときわ若い少年だった。

「親分！　親分さま！　うわあーっ！」

斬り殺された犬塚に抱き着き、少年は泣きに泣いた。

森若が生きていたらと百に考えさせずにはいられない年恰好である。

百は動揺を気取られないようその場を後にし、砦の自室にこもる。

その中に現れるのは、死んでしまった神猿大王の亡霊である。

「なあ百よ、お前はもう野武士の集団のオサだ。そう簡単に動揺した姿なんぞ見せてはならねえ。お前はこの砦の大黒柱だ。柱が揺らげば全てが揺らぐ」

「そんなこと言ったって。おいら好きで頭になったわけじゃねえ。全部なりゆきだ。なりゆきでこうなっちまっただけなんだ。知らねえ、おいらぁ何にも知らねえ」

「するってえと、犬塚を斬り殺したのは、神斬丸が勝手にやったことかい？」

「…………」

「おまえさんが食ってるおまんまは、そこらの地べたから生えてきたのを収穫したものかい？」

「…………黙れ」

「森若が死んじまったのはお前のせいではないというのかい？」

「黙れ、黙れ、黙れェッ！　おいらの、俺のせいじゃない！　あれは我愉原がやったんだ！　俺のせいじゃねえ！」

「そうとも、なんにもおまえさんのせいじゃねえよ。おまえさんはなァんにも知らないんだからな。百、憐れな男よ。まるで夢の世界を生きているようだ」

神猿大王の亡霊に苦しめられる百のところに、百を案じる側近がやってくる。しかし我愉原に裏切られた神猿大王を見ていた百には、自分を案ずる側近もなかなか信じられない。

「我々が願っているのは、百さまの平穏です。心の平穏を、どうか」

「…………………」

ひとりになった部屋の中、百は聞き慣れない言葉を告げられたように、「平穏」という語を繰り返す。言葉は最後に、森若の名前になる。

戦いを繰り返していた百は、姿を消していた我愉原が、近くに出没したらしいという報せを受ける。瞳に憎悪の炎を燃やした百は、配下の兵たちをつかわし、我愉原の情報を集めさせる。我愉原は、新たな拠点を築こうとしているようだった。

アタタラという村のあるあたりに、と側近に教えられると、百は顔色を変える。

「…………村だ」

「え？」

「それは俺の村だ。俺の生まれた村だ」

それは百がかつて暮らし、米を育て、友と語らった村だった。

野武士たちに連れ去られて以来、一度も帰っていない村が、そもそもまだ存在していたことに百は驚く。そして敵情視察という名目で、側近もつけずひとりで村へと向かう。刀は隠し、極力村人のような姿をして。

そこは確かに、百の故郷の村だった。

だが。

「ここに、以前、百という人がいなかったかね」

「もも？　さあ知らないねえ」

「百という男がいたんだ。境《さかい》さまというお方の畑を借りて」

「知らねえよ。それよりあんた、何なんだい。ややっ、腕に刀傷がある。ここにも、こっちにも！　ひょっとして野武士かい？　ひえっ、お助け、お助け！」

百のことを覚えている村人はいなかった。

それどころか見覚えのある村人の姿さえなかった。

そして百が、そのあたりに暮らしている人間ではないと悟ると、男たちは逃げ、女たちは門扉を閉ざし、子どもを家の中に隠した。

「…………」

既に村は、百の『故郷』ではなくなっていた。

失意のまま砦に戻った百は、我愉原の軍勢が姿を現したことを聞かされる。百の住んでいた村は、背後に山があり、陣地を築くのにうってつけの場所なのである。

「でも、一体全体どうして我愉原は戻ってきたんだ」

「あいつは西の地を焦土にしてしまった。もう焼く場所も残ってない。あいつは血を求めてさまよう悪鬼だ」

「おかしら、どうしましょう」

「百さま、どうしたら」

「百さま」

助けを求められるも、村から戻ってきた百は何も言わず、自室にこもる。

神猿大王の亡霊を、百は初めて自分から呼ぶ。

神猿大王は、壁の猿の毛皮の裏側から、ふざけて登場する。しかし百は笑わない。

「大王。あんたは一体、どうして野武士になったんだ」

「なりゆきさ。野武士になりたいなんて思ったことはなかった。気が付いたらなっていた。猿の毛皮なんて、そのあたりで拾っただけのゴミクズさ。俺についてきたやつらが、それに勝手に意味を与えただけだ」

「…………」

「だがな、百、考えてみろ。『意味』なんてものは、はじめからあるわけじゃねえんだ。誰かがつくって、はりつけるのさ。誰も拝まねえ地蔵は地蔵か？　それともただの石か？　どうだい」

「おいらは、俺はお地蔵様じゃねえ」

「だが神輿だ。お前をかついでるやつらがいる限り、おまえは大事な神輿なんだよ。お前はどうしたい。お前は自分にどんな意味をつけてやりたいんだい」

「おいらは……俺は……」

「まあ、せいぜい考えてみるんだな。お前さんの夢が終わっちまう前によ」

大王はいつものように暗闇の中に消えるのではなく、まるで生きている人間のように、砦の奥へと消えてゆく。

入れ替わりに入ってきた側近に、百は振り向き、声をかける。

「おい………」

「は。何でしょうか」

「……お前、名は何と言ったかな」

「は。朽葉と申します。子どもの時分、腐った葉の中で寝起きしていましたので」

「……朽葉」

百は朽葉に、自分の刀、神斬丸を託そうとする。

朽葉はまず冗談だと思うが、百が真剣な顔をしていることに気付くと固辞し、次に何を考えているのかと尋ねる。朽葉は不吉な予感を覚えているようだ。

百は笑い、朽葉の不安を笑い飛ばす。

「なに、そろそろ夢から醒めたいだけさ」

百はその夜、砦を後にする。背中に背負えるだけの武器を背負い、たったひとり。

朽葉は静かに、その一部始終を見守っていた。

百が向かったのは、かつての自分の故郷であった村だった。既に我愉原の軍勢が村を取り囲んでおり、村人たちの命は風前の灯である。

「ここはいい。素晴らしい砦となるだろう。諸君、今宵はその前祝いだ。百姓どもの血の海で、我らの新たな旅立ちを寿ごうではないか！」

おお、という我愉原の兵たちの怒号が、しかし次第に悲鳴に変わってゆく。

「何事だ！　我らの宴を妨げる慮外者は誰か！」

左右に人の波が割れると、そこにいたのは百だった。

多くの武器を背負った百は、血まみれの手と、血まみれの顔で、我愉原を見つけ、凄絶に微笑む。

「やっと見つけたぞ！　我愉原ァ！」

「…………お前、百か」

「我が名を覚えていたか！　貴様を殺す者の名を！」

「これは愉快だ！　見違えるようではないか。皆の者、丁重にもてなすがよい！」

我愉原は多くの郎党を引き連れていた。だがその一人一人を、百は舞台上を駆け回って片付けてゆく。あるものは刀で斬り、ある者は槍で突き刺し、あるものは徒手空拳の餌食として。

「臆したか、我愉原！　このようなものたちに俺をとめることはできないぞ！」

「血に飢えた狼よ、ここまで登ってくるがよい。我が刃の餌食になりたいというのであれば、止めはせぬ」

我愉原は地蔵の社のある丘の上に座し、百と配下の者たちの殺し合いを楽しんでいた。百の強さには誰もかなわず、一方的な殺戮のショーが繰り広げられてゆくにもかかわらず、我愉原は心から愉しそうにしている。我愉原は血を愛していた。焦土と化す山野を愛していた。何もかもが灰燼《かいじん》に帰す瞬間に美を感じていた。

体中に血を浴びた百が、累々と積み上げた屍の山を越え、丘の上まで上がってくると、我愉原はすらりと刀を抜き、右半身を片肌脱ぎにした。新月のように長く細い刃は、数えきれないほどの死者の血を吸った凶器とは思われないほど、氷のように輝いている。

「来いやァ！」

「ぁあああああッ！」

一騎打ちが始まった。

百のまっすぐな打ち込みとは対照的に、我愉原の剣術は曲線軌道だった。ゆらりゆらりと体をかわしながら、突如として鎌首をもたげる蛇のように、突き、薙ぎ、削ぎ落とそうとする。二人の戦う野原には、既に幾つもの死体と、使い終わった百の武器が突き刺さっていた。空には月も星もなく、ただ漆黒の闇である。

二人の戦いは二匹の狼の踊りのようだった。

互いの他に何もおらず、命の取り合いの他に何もない。

百の袖がひらりと舞った時、その袖を我愉原が突き刺し、壁に縫い留めた。百の手から刀が落ち、刀を捨てた我愉原が百の首を絞める。

「がっ、が……！」

「どうした。これで終わりか。俺を愉しませろ。俺をもっと愉しませろ！」

我愉原の声に応じるように、百は勢いをつけて我愉原の足をはらい、転ばせ、咳き込みながら刀を手に取った。

「我愉原、お前の夢はもう終わりだ。ここで目ざめろ」

「まだまだ終わらないさ！　この地獄のような世こそが、まさしく俺の夢なのだからな！」

二人は戦った。戦い続けた。

刃が折れれば次の刃を拾い、刃がはじけ飛べば転がっては新しい得物を手にし、相手の隙を許さず、獣のように撃ち合い続ける。

「我愉原ァ！」

「百ォ！」

我愉原と百は、相打ちになった。かのように見えた。

だが。

「う…………う……」

百が立ち上がった。

刀を杖にした百は、呻きながら歩き始める。百は丘の上へあがろうとしていた。地蔵の社のある場所である。

夜が明け始めていた。

百は次第に歩けなくなった。四つん這いになり、腕の力だけで動いた。それでも動くのを止めなかった。

薄紫色の夜が、徐々に茜色になり、橙色の曙光になり、金色の光になった時、ついに百は丘の上にたどり着いた。

「…………夜が明ける……」

まばゆい朝の光が舞台に満ちるのと同時に、百の夢が終わった。

音もなく幕が下り。

『百夜之夢』は、終幕を迎えた。

幕が下りた後、勝は丘の上に身を投げ、叫んだ。

あー、あー、という声が、腹の底から出てきて止まらなかった。涙も出た。鼻水もでた。あまりにも興奮しすぎると、体の中の何かのゲージが振り切れるようだった。

「うわっ、うわー、うわー！　終わった……！」

「死ぬ。これ死ぬわ。俺死んだ。死んでる」

ニヒルな我愉原モードが消え、青息吐息の顔を隠さなくなった天王寺に、勝は叫んでいた。

「司さん起きて、起きて！　もっかいやろ！　楽しすぎて死ぬ！」

「おじさんは疲れすぎて死んでるよ。寝かせといて」

「二人とも起きてください！　すぐ！　カーテンコール入ります！」

「天王寺さんと二藤さんは着替えてください！」

幕が下りても芝居はそこで終わりではない。カーテンコールと呼ばれる、役者たちの挨拶の時間が待っているのである。

芝居の終わりを惜しむ観客は、舞台に向けて惜しみない拍手を送る。

耳鳴りのような、さざ波のような拍手の音に、勝は新しい衣装に着替えながら耳を傾け、笑った。

「…………楽しんでくれたんだなあ」

「そうですよ。すごかったです」

「本当ですか」

「舞台袖で見てました。アドリブがあんなに入るなんて思いませんでしたけど」

「何とかなっちゃうものですね」

勝は笑顔でごまかした。

当初、天王寺と二人で入れる予定であったアドリブは、三か所だけであったものの、ところどころ予想外のハプニングがあり、必要に迫られて挿入せざるをえないアドリブも発生した。勝が刀を落としてしまった時が最大のピンチで、我愉原が百の首を絞めず、通常の段取り通り刀を引き抜いていたら、そこで芝居がどうなってもおかしくなかった。

「……全部終わったら天王寺さんに、ビールか何か送ろう」

「クラフトビールはやめたほうがいいですよ。CMに出て一年分以上もらっちゃったって」

「あっ、そんな情報が。ありがとうございます」

拍手の音が一際大きく聞こえるようになった。

再び幕が開いたのである。

最初に挨拶をしているのは、村人や野武士、我愉原の配下など、台詞がないながらも活躍してくれたメンバーたちだった。お辞儀をしていると思しきタイミングで、拍手の音が大きくなる。血のりのメイクを落とされながら、勝も舞台袖で拍手を送った。

次に出ていったのはアンサンブルの面々だった。八面六臂の活躍を見せた安斉は、舞台の中央に出されてお辞儀をしている。初日のあの場所に、輪島と神崎も立ちたかったろうになと思いながら、勝は手を叩き続けた。

「準備終わりました」

「ありがとうございます。待機します」

朽葉役の芝堂匠。

神猿大王の姿の田山と、森若役のひびき。

カーテンコールは順調に続いていった。

そして我愉原役の天王寺が登場すると、拍手に歓声がまじった。かっこよかったもんなあ、と思いながら、勝はサインを待った。

出演者全員が、下手の舞台袖にむかって手を差し伸べた。

勝はゆっくりと姿を現した。

その瞬間、勝は見た。

満員の観客が、前から順に一斉に立ち上がった。その間にも観客は手を叩いていた。手を叩かなければ死んでしまうというように、ひたすら叩いていた。

最前列の関係者の晴れやかな顔を、勝は見た。

三列目の女の子が泣いているのが、勝には見えた。

勝の顔を見ようと、中列の二人連れの女性客がオペラグラスを構えたのも、見えた。

満員の劇場の全ての視線が、勝に注がれているような気がした。

舞台の中央に歩み出て、腕を広げ、歓声を胸におさめるように、勝はお辞儀をした。

同じ仕草を三度、繰り返した後、勝は笑い、ちょっと待っててと客席にハンドサインをした。

そして舞台下手に飛び込み。

カイトを連れて戻った。

拍手の音は怒号のようになった。ブラボー、ブラボーというオペラ鑑賞のような声と、鏡谷、鏡谷カイト、という歌舞伎鑑賞のような声がまじりあい、拍手は奇妙な音の奔流となった。

そして当然のように、舞台袖からも、惜しみない拍手の音が聞こえていた。

衣装スタッフ、タイムキーパー、制作、大道具、小道具、照明担当、手が空いたあらゆるスタッフが、役者たちに向かって拍手していた。

『門』の舞台挨拶時と同じく、黒いスラックスと白いシャツという飾り気のない姿のカイトは、勝に手を引かれて舞台の中央に歩み出ると、ぺこりと短く素早く頭を下げた後、横一列の役者たちの並びに入り、勝と田山と手を繋ぎ、客席に向かって歩み寄った。

そして頭を下げた。

カイトは一度のカーテンコールで引っ込んでしまったが、その後、五回、勝たちはカーテンコールを繰り返した。そのたびに幕は昇降し、客席と舞台とがつながった。

最後の幕が閉じる時に、勝は口の形だけで、お礼を言った。

ありがとうございました――と。

深く頭を下げているうち、幕は下り、もう上がらなかった。

また明日、と勝は小さく呟いた。


「おつかれさまでした！」

「おつかれさまでしたー！　明日もよろしくお願いしまーす！」

「鏡谷さん、二藤さん、スポンサー企業の方がお見えです。できれば天王寺さんもって」

「了解しましたー。二分ちょうだい。身だしなみ整えます」

天王寺の楽屋の前で、カイトと勝は待っていた。

ふいてもふいても汗が噴き出してくるので、勝は首に白いタオルをかけていた。百の衣装は既に脱ぎ、スポーツジャージの姿である。足は運動靴だった。

勝が話しかける前に、カイトはすい、と腕を上げ、何かを指さした。

「……あれ」

「え？」

「あれは一体、どうしたんだ」

カイトが指さしたのは、勝の楽屋の方角だった。正確にはその入り口である。

藤色ののれんがかけられていた。

「ああ。田山さんがサプライズでプレゼントしてくれたんだ。びっくりしたよ」

「……藤色なんだな」

「俺の苗字が『二藤』だからって」

白地を藤色に染めたのれんは、二房の藤の意匠だった。のれんの中央の切れ込みの左右に、藤の花房が垂れている。中央には、豆腐店の屋号のように、『勝』の文字が、マルで囲まれて染め抜かれていた。

「俺、あれがいっぱい使えるようになりたいな」

「………」

「いろんな芝居をしたいよ」

にっこりと笑ってカイトを見た勝に。

カイトの返した表情は。

は？　と言わんばかりの、悪鬼の如き仏頂面だった。

「……お前、それはまだこれから十四公演残っていることをきちんと理解しての台詞なんだろうな」

「え？　そんなの当たり前だろ」

「だったら目の前の仕事に集中しろ。馬鹿馬鹿しい」

　仕事なんて幾らでも入ってくる、と。

　自明のことを告げるように言い捨て、カイトは先に、プロデューサーの待つ方向に歩きだしていた。

　天王寺を待つかカイトについてゆくかと迷った勝に、黒いTシャツ姿のスタッフが走り寄ってきた。

「二藤さん、お客さままでです」

「えっ、今ですか？　スポンサーさんじゃなくて？」

「篠目さんという方が。言えばわかるって」

　勝は口から心臓が飛び出しそうになったが、必死で自分を抑えた。そうこうしているうちに、身支度を終えた天王寺が出てくる。

「お待たせ。行こう………どうした？」

「何でもないです。大丈夫です」

「斬っとく？」

「我愉原はしまっておいてくださいよ。すみません。『少し待って』と伝えてもらえませんか。帰らせないで下さい。絶対に会います」

「わかりました」

スタッフは踵を返して駆け出していった。

その後の二十分間、プロデューサーと『百夜之夢』出資企業の関係者は、勝の演技とカイトの脚本をべた誉めだった。とにかく面白かった、泣けた、最高だったと、身振り手振りをまじえながら清見プロデューサーは力説し、最後にカイトの肩を掴んだ。

「鏡谷カイト、僕は君に出会えて光栄だ。僕は君に出会うために生まれてきたのかもしれない」

「……ああ……はあ」

「これからも一緒に仕事ができたら、こんなに嬉しいことはないよ」

「予定は未定ですが……」

「構わない。全力でバックアップさせてくれ」

終盤には『鏡谷カイトを口説く会』と化した場所から、勝はカイトを引きずり出し、ありがとうございましたを連呼しながら楽屋へと戻った。天王寺は笑っていた。

「やったな勝ちゃん。今回が初舞台だってこと、誰も言わなかっただろ。きっと全員忘れてたんだよ」

「だったらいいんですけど」

「心配するな。お前の演技は本物だ。初めてかどうかは、もう誰も気にしていない」

カイトの言葉は心強かった。

壊れそうになる心をくるむ毛布をもらったような気持ちで、勝は頷いた。

「……ありがとう。じゃあ俺、ちょっと外で人を待たせてるから」

「手短にしなよ。まだ記者が狙ってる」

「了解です」

窘めるようでいて、その実心配している天王寺の言葉を受け止めて、勝は走り始めた。

客席とつながる楽屋口に、黒いTシャツのスタッフが待っていた。

そしてその後ろに。

「……ユキ」

ジーンズにトレーナー姿のその男は、最後に勝が見た時よりも、少し体格がよくなっていた。太ったのではない。筋肉がよくついたのである。

オーシャンセイバーの撮影時より、ひとまわりがっしりとした篠目は、二本の足でしっかりと立ち、勝の顔を見ると笑った。泣きそうな顔でもあった。

「今……ユキは、何してるんだ？」

「アクション俳優の養成事務所で、トレーナーみたいなことしてる。やり甲斐あるよ。それにしても勝、お前すごいよ。本当にすごい」

「……芝居、楽しんでもらえたってこと？」

「当たり前だろ！　俺、泣いた。アクションで泣くのって初めてだ。脚本もいいんだろうけど、俺はお前の、百としてのお前の生きざまに泣かされたよ」

「よかった……」

「勝、ごめん」

そして篠目は頭を下げた。

一体どういうことなのかと慌てる勝の前で、篠目は顔を上げ、泣きそうな声で言った。

「俺……最後に会った時、何か言っただろ。『立派になってくれ』とか『いっぱい仕事してくれ』とか」

「あ、ああ……『大成してくれ』って」

「それだよ。今考えると俺、お前に申し訳なくて仕方がなくてさ。勝は本当に優しいから、俺にあんなこと言われたら絶対気にするってわかってたのに、でも何か言いたくて仕方がなかったんだよ。ずっと後悔してたんだ」

ごめん、と。

篠目はもう一度頭を下げた。

そろそろまずいかもしれませんと、スタッフが勝に耳打ちした。

勝は篠目の顔を上げさせ、肩を抱くと、両腕を回して抱きしめた。

「お前がああ言ってくれたおかげで、逃げ出さなくて済んだ。ありがとうユキ。許してくれて。ありがとう。カイトたちに会わせてくれたことも」

「……なんか、勝、雰囲気変わったな」

「芝居してるところだからじゃないか？」

「今度飲みに行こう。オーシャンセイバーの時のメンバー、海外留学してるやつらも多いけど、会えるやつらは会えるからさ」

「楽しみにしてる」

篠目と別れた勝は、楽屋の中に引っ込もうとした時、ふと足をとめた。

そろそろ閉じようとしているホワイエから出てゆく、女の子の二人連れとおぼしき声が聞こえてきたのである。

「桃子、桃子、ちょっともう泣きすぎ」

「だってさあ……自分の推しがさ……最高に輝いてて……輝いたまま死んじゃうとか……もう泣くしかないでしょ。泣きすぎて吐きそう」

「二藤勝はあたしの推しですし！　まあ推しは一緒に推してもへらないからいいけど。

どっかファミレスでも行こ。そこで語ろう」

「語ろう！　最高過ぎて毛穴が全部開いてる！　すごいね。死んじゃう話だったのにさ、死んじゃうだけじゃなくて、生きる話だったね」

「ね。役者もみんな生き生きしてたし。ＳＮＳに長文感想が出てくるのはもうちょっと後かなあ。待ち遠しいよ……おおー、天王寺担の人、大騒ぎしてるよ。『推しが尊すぎて死ぬ』って」

「わかる。我愉原は怖すぎだけど、でも、どっか可愛いよね」

「でも一番可愛いのは」

「森若くん！」

「だよねー！」

声は次第に、小さくなっていった。

勝は耳に残る声を心の中にしまい、抱きしめるように胸に手を当て、再び楽屋へと向かった。翌日からはマチネ、つまり昼公演と、ソワレ、夜公演の、一日二公演の日々が三日連続する。忙しい日々の始まりだった。今夜は景気づけの飲み会もある。

「夢だ……俺は夢を生きてるんだなあ」

『百夜之夢』。

台本を初めてもらった時には、よくわからなかったタイトルの意味が、勝には徐々にわかってきたような気がした。

そしてできることならば、この夢のような日々が、百日間でも続いてくれたらいいのにと、願わずにはいられなかった。

『百夜之夢』のチケットは、極めて入手困難な、いわゆるプラチナチケットと化し、公演中に最終公演のライブビューイングが決定した。しかしライブビューイングのチケットの確保にも激戦が伴い、映画予約サイトによってはサーバーがダウンする場所も出る始末だった。

十五公演。

二公演目から復帰してきた輪島と神崎も加え、カンパニーメンバーは、日々過ぎてゆく夢のような戦場を走り続けた。

最後の幕が下りる時、勝はふうっと、自分の中にもひとつ、何かの幕が下りてきたような気がした。

これからはもう、百には会えないのだと。

そう思うと悲しくて悲しくて仕方がなかったが、どこかでほっとしている自分もいて、勝は自分で自分がおかしかった。

幕が下りる時に見えた光景は、総立ちの客席と、白と金色の照明によるいっぱいの光、そしてサプライズで仕掛けられていた、大量の金色の紙吹雪だった。勝にはそれがまるで、百が最期に見た朝日のように思えた。

幕が閉まる瞬間、勝はゆっくりと目を閉じていた。

百への『さよなら』の儀式のようだった。

幕が閉じ切った瞬間、緞帳の内側では喜びが爆発した。初日のトラブルはあったものの、全公演、怪我も降板もキャストのスキャンダルもなく、無事に走り切ることができた。スプーンに生卵をのせて、落とさずにコースを歩きぬける競技が終わったように、スタッフたちは大喜びの様子だった。

「おつかれさまでした！」

「おつかれさまでしたー！　よければ写真お願いします！」

「勝さん、こっちも写真お願いします！」

スタッフ、キャスト入り乱れて抱き合う中、舞台袖から誰かが出てきた。

清見プロデューサーと、カイトだった。

ぱちぱちぱち、という拍手は、勝を中心にした全員に向けられていた。

「『百夜之夢』、東京公演終了おめでとうございます！」

プロデューサーの言葉に、一同はかすかにひっかかるものを覚えた。

一同の思いを見透かしたように、プロデューサーは声を張り上げた。

「『百夜之夢』は、来年のォ！　凱旋公演の予定を立てています！　その際には東京、大阪の二公演を！　予定しております！　ライブビューイングも！　複数公演実施する予定です！」

おおー、という声が一同からあがり、再び拍手が起こった。

と。

プロデューサーの後ろから歩み出てきたカイトが、静粛に、と示すように両手を上げた。モーゼの前に道を開く海のように、しん、と幕内は静まり返った。

鏡谷カイトはおごそかに口を開いた。

「……こんにちは。二藤勝です。イケメンですみません」

一瞬の静寂の後、幕の内側には爆笑が起こった。

カイトが冗談を言った。

あのカイトが、冗談を言っていた。

それだけでもう何もかもがおかしくて、田山すらも笑っていた。

「ええ……与太はさておき、鏡谷カイトです。この公演が無事終了したのも、ひとえに皆さまのお力のおかげです。本当にありがとうございました。どうぞこれからも、舞台という名前の芸術で、未来に光をともしてください。僕も力を尽くします……これからも書き続けます。以上。本当にッ、ありがとうございましたッ！」

カイトは最後に大声で叫び、深々と頭を下げ、温かな拍手の音につつまれた。

この物語を、臓腑の奥から掴みだしてきた立役者を、皆が愛していた。

勝はカイトに歩み寄り、顔を上げさせると、勝ったボクサーにレフェリーがするように、右手をつかんで高く掲げた。

舞台の上の人々は歓声をあげ、カイトと勝の二人を祝った。

勝はちらりとカイトを見た。カイトも同じように勝を見ていた。

金色の紙吹雪だらけになってしまった眼鏡の奥で、カイトは少しだけ、笑っているように見えた。

あちこちの関係者から、サインと記念写真をせがまれているうち、勝はふと、カイトに近づいてゆく大きな人影に気づいた。

輪島である。泣いていた。

「……カイトさん」

「輪島か。どうした。ティッシュか」

「……本当にありがとうございました。俺、あそこで、役者人生が詰んでもおかしくなかったのに、助けてくださって……」

「何の話だかもう思い出せないけれど、君はいい役者だった。君がいるといないとでは舞台の密度がまるで違ったよ」

これに懲りたら舞台の前日に生ものは食べないように、とカイトが仏頂面で言いつけると、輪島は泣きながら笑った。

「はい。気をつけます。それから……………それから……」

「遅刻にも気をつけて」

「はい。いや、それもそうなんですけど」

「僕に言ってあげられるのはそのくらいだ」

「……カイトさんは、俺の一生の恩人です」

ふと、カイトが胸をつかれた顔になったことに、勝は気づいた。輪島は涙を手の甲でぬぐい、にかっと笑ってみせた。

「今回の舞台のおかげで、くだらない借金も返せました。俺、腐りかけてたんだと思います。自分がこれからどんな風に生きていけるのか考えると、役者って仕事はそんなに楽じゃありませんけど、でも俺は、それでも俺は、舞台で生きていきたいんです。ひがんだり妬んだりする自分に負けないで、まっすぐ前を見たいんです。そう思えるようになったのは……ほんと……カイトさんのおかげです。ありがとうございました」

「大した言語化能力だ。脚本を書いてみては？」

「い、いやあ！」

笑いに包まれる輪島とカイトを見守り、勝は静かに笑った。

嵐のような記念撮影の連続の後、「もういいです」と言われるまでバラシの手伝いをして、勝はようやく自分の楽屋へ戻った。すると。

「よう。マサ坊」

のれんの隙間から、田山が顔を出していた。

勝が促すまでもなく、黒い服に着替えた神猿大王は、のっしのっしと勝の部屋に入ってきていた。

「『大王、あんたは一体、どうして役者になったんだ?』」

百の台詞をもじり、勝が問いかけると、田山は静かな目で肩をすくめた。

「さてね。それこそ成り行きさ。俺の家はもともとそういうところだったが、俺は素行が悪かったもんでな。映画の方に放り込まれた。それから先はなるようになって……今ここまで来ちまったってわけさ。どうだったい、マサ坊」

「…………」

「初舞台。どうだったよ」

田山はファンデーションをつけているようだった。舞台化粧が落ちていないのではなく、顔色の悪さをファンデーションで補っているのである。勝以外にもそのことに気付いているスタッフはいたが、田山が自分で言おうとしない限り、そのことを無闇に吹聴したりする人間はいなかった。

　勝は笑い、田山の顔をまっすぐに見返した。

「楽しかったです。ぞくぞくするほど楽しくて、最高でした」

「そうかい。ならお前は我愉原タイプだな」

「え？」

「俺ぁ、あの芝居で一番の勝者は我愉原だと思ってる」

　最後まで愉快なまま死んだ、と。

　田山はのっぺりとしたベージュ色の顔に不敵な笑みを浮かべ、笑っていた。

「俺ぁな……胃癌だ。もう来るところまで来てて、『遅らせる』ことはできてもよくなるこたぁない。これからは田舎に引っ込んで、地道な闘病生活ってやつだ。芝居はもうできない。これが正真正銘、最後の舞台だ」

「……そうだったんですね」

　田山の言葉が、勝の上に重くのしかかった。ワークショップでの不真面目な態度も、頻繁な遅刻と早退も、それら全てをカイトが咎めなかったことも、通院や治療のためだったと思えば、悲しくなるほど腑に落ちてしまった。田山は笑っていた。

「プロデューサーに無茶言ってよ、若いもんばっかりの芝居に放り込んでもらったが、こんなに楽しい現場、久々どころか初めてだったかもしれねえ。マサ坊、お前は立派な役者だぜ。初めのうちはどうなることかと思ったが、うまく化けたじゃねえか」

「………」

勝は胸がいっぱいになってしまった。もう一人の百のような存在であった神猿大王にもう会えないだけでもつらいのに、田山にももう会えないということがつらくて、そこにさらに、血を吐いていたことへの答え合わせのような情報まで出そろってしまった。勝は田山は何も言わずに行くのだと思っていた。知ったことかよと、ニヒルな笑みを浮かべて去るのだと。

だが田山は、生身の人間として勝のことを正面から見据えていた。

「凱旋公演の神猿大王にもよろしくな。だが忘れんなよ、オリジナルは俺だぜ。田山紺戸さまだ」

「……当たり前じゃないですか、大王」

「泣くんじゃねえよ、失礼な奴だな。これから死ぬやつの方がナンボか体が痛えんだぞ。我慢するのが礼儀だろうが」

はい、と何とか答え、勝は涙をぬぐった。

顔を上げた勝は、田山に向かい合った。

「俺、田山さんの映画を観て、研究したんです。殺陣とか、見栄の切り方とか、うまくできるようになるかなって」

「ほおう。で、役に立ったかい」

「全然立ちませんでした……！」

田山は哄笑した。そうだろう、そうだろうと言いたげな顔に、勝もつられて少し笑うことに成功した。

「でも俺、田山さんの芝居、好きです。大好きです」

「ああそうかい」

「楽しそうな芝居が、いっぱい映画の中にあって、俺もあんな風になりたいと思いました」

「そいつぁ無理だろ。俺の方がいい男だ」

「かもしれませんけど、頑張ります」

「……ま、やるだけやんな。『夢』の時間は有限だぜ。それもあっという間だ」

「はい！」

勝が頭を下げると、田山紺戸はのれんをくぐり、楽屋の外へと出ていった。田山さんうちあげはどうします、というスタッフの声に、俺ぁ帰るよと応じている田山のことを、勝は追いかけたくて仕方がなかったが、できなかった。泣かない自信がなかった。

備品のティッシュで猛然と鼻をかんでいると、誰かが楽屋の壁をノックした。

どうぞ、と勝が応じると。

入ってきたのはカイトだった。

「おつかれさまだな、勝」

「おつかれ、カイト！　どうした？」

「………話がある」

勝は頷いた。カイトはいつもの数倍ひどい渋面だったが、目は真剣だった。

何かとても言いにくいことをかかえて、覚悟と共にやってきた様子だった。

勝は椅子をすすめ、椅子に腰かけたカイトは、たっぷり五分は黙り込んでいた。そして。

「………高校時代のこと」

突然話し出したカイトに、勝は少し驚いたが、そうは見せないように水を飲んだ。

カイトはぽつり、ぽつりと話した。

「君は………………演技が、本当に初めてってわけでは、ないだろう」

「え？　それはもちろん、テレビには出演したし」

「その前だよ」

「『その前』？」

高校、とカイトは呟いた。

高校、演技、と思い出のインデックスをめくっていった勝は、ああ、と大きく頷いた。

「生徒会長挨拶。新入生歓迎会の時の小芝居」

「それだ」

何ということもない芝居だった。新入生歓迎会の際、生徒代表として、生徒会長の勝がお祝いを述べていると、いきなり舞台袖から『不良』が飛び出してきて、歓迎会なんてやっていられるかと暴れ始める。勝は見事にそれを撃退する。すると今度は反対側の舞台袖から、『スマホをいじってはなさない女子生徒』が出てくる。勝は彼女と、高校でスマホを使う際の約束を確認して、丁重にお引き取りを願う。最後にやってきたのは職員室にも壊れていないクーラーがほしいと訴える『教頭先生』の本物で、それればかりはどうしようもないと勝が応じ、笑いを取る。

それだけの芝居だった。

「あの脚本は、当時の生徒会副会長の小倉《おぐら》が書いたのだろう」

「よく知ってるな」

「知ってるさ。だってあいつは書いてないんだからな」

「……え？」

「僕が書いたんだよ」

勝は目を丸くした。

椅子に腰かけたカイトは、心なしか顔を赤くし、途切れ途切れに言葉を続けた。

「押し付けられたんだ。『お前、何か書いてるんだろ。ゴーストライターやってくれ』ってな。僕を助けるつもりだったのか、それとも単に嫌な仕事を押し付けただけだったのかは今でもわからない。あの時は耳を疑ったよ。だって演じるのは君なんだからな。僕だって学校で一番の人気者の存在くらい知っていた。それに君は、何度も僕のことを助けようとしてくれた。君と友達になれたらどんなにいいだろうって、あの頃はよく考えていた」

目が白黒するような台詞の中、勝は必死で言葉を探した。

「…………一言、声をかけてくれたら……」

「そんなこと当時の僕にできるはずがないだろう。プライドに押しつぶされて死にそうになっていた十六歳だぞ。だが、まあ、思えばその時から僕はノートにシナリオみたいなものを書いていたわけで……気に食わない生徒を死ぬ役にしたりする、今思えばシナリオ以前のものだったけれど、あの時初めて、『これを書かなきゃ死ねない』という原稿ができたんだ。最高の役者が演じてくれるんだからな。絶対に面白いものを書きたかった」

「……カイト」

勝が呟くと、カイトはどことなく得意げな顔で、ふんと鼻を鳴らした。

「正真正銘、最初の僕の『脚本』は、新入生歓迎会の時のあの芝居だ。二藤勝、僕にとって君こそが、はじめての主演俳優だ」

「…………」

「芝居が終わった後、君が副会長を褒めているのを耳にしたよ。『ありがとう小倉、すっげー面白かった。お前才能あるよ。絶対才能ある。脚本家になったら?』。覚えていないかもしれないが、君はそう口にした。ロッカールーム近くの廊下を歩いている時、一言一句たがわず、そう口にした」

勝は何も言えなかった。

カイトはいつもと同じ、表情に乏しい顔で、淡々と言葉を紡いだ。

「僕はその言葉で生きてきたんだ」

「…………カイト」

「間違いなく、君は僕の命の恩人だ。君に自覚があろうと、なかろうと」

勝が何も言えずにいるうちに、カイトは再び口を開こうとし、いいよどみ、しばらく唸ってから、また口を開いた。

「その……陳腐な言葉になるが、とても、感謝している。とても。ありがとう。どうしてもう一度、君と仕事がしたくて、僕は頑張った。イギリスに留学している最中にオーシャンセイバーの放送が始まると知った時には、死にたいくらい辛かったけれど、海外にも配信してくれるウェブサイトがあることを知って救われた。もちろんリアルタイム配信のみだったから、時差で死にかけはしたけれど、授業にはかぶらなかったし……」

「そ、そんなことで」

カイトはきっと顔を上げた。怒っていたが、子どもっぽい怒りの顔に、勝は安堵した。

「『そんなこと』で、窮地に落ちた人間は救われる。あの瞬間は夢のようだった。僕は初めて、あの高校に行ってよかったと思った。それで決めたんだ。脚本を書く人間になろう、芝居をつくる人間になろうって。そうしたら『けんか』と言い張って意地を張って耐えるのが馬鹿馬鹿しくなった。親に心配をかけたくないと思って何も言えなかったけれど、見栄より将来の夢の方が大事になったから、『つらいからさっさと転校させてほしい』と頼めたよ。君が芸能界を目指していることは全校生徒が知っていたから、僕もその世界で活躍すれば、いつかどこかで道が交わると思ったし」

我慢できないというように、カイトは椅子をけたてて立ち上がった。勝もよくわからないまま立ち上がった。

カイトは勝に手を差し伸べた。

「その……本当に、感謝している。ありがとう。どれだけお礼を言っても足りない」

勝は手をとり、かたく握手した後、カイトの体を抱き寄せた。

「全部こっちの台詞だよ、カイト」

「………」

「ありがとう」

「……もう一つ、お礼を言いたいことがある」

カイトはそっと勝から離れ、咳払いをしてから口を開いた。何故か不思議そうな顔をして。

「『楽しい』と思ったんだ」

「え？」

「僕は……脚本を書くことはともかく、演出をすることに対しては、何の感慨もなかった。書いた人間がやるべきことだとは思っていたけれど、そこに対して『嬉しい』とか『幸せだ』とか思ったことはなかった。『人手が足りないから仕方がない』と思っていただけだ。だが……今回は……」

カイトは言いよどみ、ひどい仏頂面でうんうんと唸ってから、ちらと勝を見て。

笑った。

朗らかに、表情を崩していた。

「楽しかった」

「…………」

「奇妙な話だが、稽古場に新しい家族がいるような気がして、楽しかった。『門』のメンバーは大学の友人たちだから、今更そんなふうに思ったことはなかったけれど、初対面のメンバーの座組でも、自分が親しみを感じられることが驚きだった。自分で言うのもなんだが、僕はあまり、『無条件に人間が好き』というタイプではないからな」

「……俺も楽しかったよ」

「見ていればわかる」

「輪島さん、嬉しそうだったな」

「君のことを誤って書いた新聞記者に対しては未だに恨みがあるし許す気もないが、輪島はいい役者だ。これからが楽しみだよ。可能であればまた一緒に仕事がしたい。つまらない事件でその芽が潰されなくてよかった。それもきっと、君のおかげだ」

「お前が努力してきたからに決まってるだろ！　俺は何もしてない。みんなお前のことが好きなんだよ。好きだし、感謝してる。ひびきくんも、カイトのことが好きだってさ」

「…………人に好かれるのには慣れていない」

「慣れろって。お前は鏡谷カイトだろ。これからも好かれ通しだよ、きっと」

「脚本家にも演出家にも、役者から愛されなければならない必要なんてない」

「必要がなくても、好きなものは好きになるよ。お前の劇みたいに」

「…………」

「楽しかったんだろ。それでいいじゃないか」

カイトは再び、仏頂面になって考え込み、唸った後、小さく嘆息した。

「……まあ、そうだな」

勝はカイトの肩を叩いた。カイトも叩き返した。

さわやかな気持ちの勝だったが、カイトは何故か、また奇妙な顔をしていた。

仏頂面で、笑おうとしている時の『いつもの顔』ではなく、多少頬を赤くして。

「ど、どうした……？」

「まだ話は終わっていない。その……それでだな………」

「お、おう。何だ」

たっぷり一分黙り込んでから、カイトは絞り出すような声で、告げた。

「……これからも一緒に仕事できたら……とても、嬉しい」

「それもこっちの台詞だよ！　カイト！　よろしくなあ！」

「ああよかった」

心から安堵した風情のカイトに、そういえば、と勝は思い出した。

「……あのさ、答えにくいことだったら言わなくていいんだけど」

「何だ」

勝は久しぶりにカイトと再会した、『百夜之夢』発表記者会見の日、勝を主役にすることで何等かの交換条件を脚本家にのませた、と話している男ふたりとすれ違った話をした。

それは真実だったのか、と。

勝が尋ねると、カイトは肩をすくめた。

「ＫＰＰのお偉いさんの話かな。間違いではないけれど、強いられたとは思っていない。バーターのようなものだ。『こういうものを書いたらどうですか』と提案された程度の話だ」

「『こういうものを書いたらどうですか』……？」

「どんな企画をやるにしても、君と一緒に仕事がしたかったんだ。それをプロデューサーに話したら、『じゃあ思い切りエンタメに振って、チャンバラ活劇のようなものはどうですか』と」

「……………待て待て待て待て。それって」

「言っただろ。あてがきなんだよ。『百』も、この戯曲も」

勝は目の前がふうっと暗くなったような気がした。頭に浮かんだのは鶴の恩返しという昔話だった。昔鶴を助けた男のところに人の姿をした鶴がやってくる。高校時代にいじめられていた少年を勇気づけた男のところに気鋭の脚本家がやってくる。

「そんな、義理堅すぎだろ……！　び、びっくりしすぎて、言葉が出てこない！」

「そうか？　僕にとってはそうでもない。君は命の恩人だからな」

「俺が……途中で逃げ出したら、いや、そんなことはないにしても、使い物にならないレベルの大根だったらっ、どうするつもりだったんだ」

「そんなことがありえないことは僕が誰よりもよく知っている。何故なら僕はオーシャンセイバーを五周以上して君の動きや演技のクセを把握していた。剣道部時代の君の姿もしっかり見ていたからどのような成長の過程をたどってきたのかも推理可能だった。僕はイギリスでいろいろなことを勉強してきたから、いかようにでもなると思ったよ」

「う、嬉しいけど、正直俺ちょっと怖いよカイト……！」

「よく言われるが、君に『ありがとう』と伝えられないことに比べたら、屁でもない」

カイトは少し、拗ねたような顔をした。

「…………………」

勝は笑いそうになりながら、静かな声で告げた。

「ありがとう、カイト。俺のことを信じてくれて」

そう言うと、カイトは顔を上げ、微かに息を吐いた。

カイトの顔は、今まで勝が目にしたどの表情より、『微笑み』らしい微笑みだった。

「……やれやれ。高校時代の自分との約束を、ようやく果たしてやれた気がするよ」

二人で笑い合っていると、ドンドンドンドンという激しいノックの音が響いた。

顔を出したのはタイムキーパーの男性である。

「すみませーん撤収時間迫ってまーす！　急いでくださーい！」

「もう出るぞ。外でスタッフを待たせている」

「そういうことは早く言えよ！　うわっ、片付けないと！」

猛然と楽屋を片付けた勝は、最後に二房の藤の柄の入ったのれんを丁寧に外すと、百円ショップでスタッフが仕入れてきたアジャスターつきのプラスチックの棒と共に、鞄の中にしまった。

このの れんが再び、どこかの――どこかはわからないが、どこかの楽屋口にかけられる日を夢見て、勝は劇場を後にした。

『百夜之夢』の批評は、いずれの雑誌、新聞、ウェブマガジンにおいても好評だったが、評価が高ければ高いほど、チケットがとれなかった人間の悲鳴は大きくなった。

だがライブビューイングの拡大、そして凱旋公演の予定が現れると、悲しみの声は歓声に、歓声は賞賛に変わった。舞台雑誌各誌が特集する『今年一番の舞台ランキング』には、鏡谷カイトの名前が躍り、『注目の俳優番付』には二藤勝の名前が入った。

そして。

「あの、二藤勝さんですか……？」

サングラスをかけて街を歩いていた勝は、不意に呼び止められ、足を止めた。

立っていたのは若い女性で、手を握りしめ、緊張しながら一生懸命喋っていた。

「こっ、これからもお芝居のお仕事、がんばってください！　応援してます！　あと、二藤さんがCMに出ていたアポロン・アパレルのジャージ、買いましたっ……！　イメージキャラクターの続投、おめでとうございます！」

「ありがとうございます」

サングラスをさげ、ニコリと笑い、タクシーに乗り込んだ勝は、帽子を取るとスマホを開いた。マネージャーからの新しい仕事の連絡はとりあえず脇に置いて、カイトに連絡をとった。

『今、道で百夜之夢のファンの人に会った。嬉しかった』

『凱旋公演たのしみだなー』

返信は一分足らずで入ったが、そっけなかった。

『稽古中』

勝は笑った。カイトはいつも返信をくれた。

『了解。また飲みに行こう』

『いっぱい夢を見よう』

勝がメッセージを送ると、カイトは不機嫌な顔の絵文字をひとつだけ送ってきた。笑っていると、タクシーの運転手が話しかけてきた。

「お客さん、楽しそうですね」

「そうなんです。仕事の相手と連絡をとってたんですけど」

「仕事の相手と連絡とるのが楽しいんですか？　変わってますねえ」

笑い始めた運転手と共に、勝も笑った。そして車が一時停止すると、窓の外の景色に目をやった。ビル。歩く人々。ベビーカーを押した母親。緑色のリュックの自転車。巨大な広告。

その中のひとつに、鏡谷カイトの名前があった。

『鏡谷カイト作　百夜之夢　東京大阪凱旋公演　主演　二藤勝』。

赤と黒を基調にした、百夜之夢カラーの広告だった。

「運転手さん、今だけちょっと、窓を開けていいですか」

「どうぞー」

勝は窓を開け、携帯端末のカメラで、赤と黒の広告を写真に撮ろうとしたが、その前に車が再び動き出してしまった。端末内の画像がブレて、景色が後ろに消えてゆく。

勝は苦笑いして、懐に携帯をしまった。

「……………」

いつかまた、新しい広告を撮影するチャンスがあるといいのに、と。

そんなことを考えながら、勝は微笑み、タクシーの後部座席に体を預けた。

参考文献

『舞台技術の共通基礎　公演に携わるすべての人々に』
劇場等演出空間運用基準協議会（フリックスタジオ）
『魂の演技レッスン22　輝く俳優になりなさい！』
ステラ・アドラー（フィルムアート社）
『演劇プロデューサーという仕事「第三舞台」「劇団☆新感線」はなぜヒットしたのか』
細川展裕（小学館）

本書は書き下ろしです。

僕《ぼく》たちの幕《まく》が上《あ》がる
辻村七子《つじむらななこ》

2021年11月5日初版発行
2021年11月24日第2刷
発行者……………千葉 均
発行所……………株式会社ポプラ社
〒102-8519 東京都千代田区麹町4-2-6
フォーマットデザイン 荻窪裕司(design clopper)
組版・校閲 株式会社鷗来堂
印刷・製本 中央精版印刷株式会社

落丁・乱丁本はお取り替えいたします。
電話(0120-666-553)または、ホームページ(www.poplar.co.jp)のお問い合わせ一覧よりご連絡ください。
※電話の受付時間は、月〜金曜日、10時〜17時です(祝日・休日は除く)。

本書のコピー、スキャン、デジタル化等の無断複製は著作権法上での例外を除き禁じられています。本書を代行業者等の第三者に依頼してスキャンやデジタル化することはたとえ個人や家庭内での利用であっても著作権法上認められておりません。

ポプラ文庫ピュアフル

ホームページ www.poplar.co.jp
©Nanako Tsujimura 2021 Printed in Japan
N.D.C.913/268p/15cm
ISBN978-4-591-17211-7
P8111323

イケメン毒舌陰陽師とキツネ耳中学生の
へっぽこほのぼのミステリ!!

天野頌子
『よろず占い処　陰陽屋へようこそ』

装画：toi8

母親にひっぱられて、中学生の沢崎瞬太が訪れたのは、王子稲荷ふもとの商店街に開店したあやしい占いの店「陰陽屋」。店主はホストあがりのイケメンにせ陰陽師。アルバイトでやとわれた瞬太は、実はキツネの耳と尻尾を持つ拾われ妖狐。妙なとりあわせのへっぽこコンビがお客さまのお悩み解決に東奔西走。店をとりまく人情に癒される、ほのぼのミステリ。単行本未収録の番外編「大きな桜の木の下で」を収録。

〈解説・大矢博子〉

アルバイト先は妖怪の古道具屋さん!?
取り扱うのは不思議なモノばかり――。

峰守ひろかず

『金沢古妖具屋くらがり堂』

装画：烏羽雨

金沢に転校してきた高校一年生の葛城汀一。街を散策しているときに古道具屋の店先にあった壺を壊してしまい、そこでアルバイトをすることに。……実はこの店は、妖怪たちの道具〝妖具〟を扱う店だった！　主をはじめ、そこで働くクラスメートの時雨も妖怪で、人間たちにまじって暮らしているという。様々な妖怪や妖具と接するうちに、最初は汀一を邪険に扱っていた時雨とも次第に打ち解けていくが……。お人好し転校生×クールな美形妖怪コンビが古都を舞台に大活躍！

ポプラ社
小説新人賞

作品募集中！

ポプラ社編集部がぜひ世に出したい、
ともに歩みたいと考える作品、書き手を選びます。

※応募に関する詳しい要項は、
ポプラ社小説新人賞公式ホームページをご覧ください。

www.poplar.co.jp/award/
award1/index.html